TRIACAS

TRIACAS

Narrativa breve

Miguel Falquez-Certain

Book Press — New York

Derechos reservados / *copyright* © 2010 Miguel Falquez-
Certain

Diseño y composición: Nigel Guy Fawlkes

Portada: Joaquín Méndez Gaztambide

Impreso en los Estados Unidos de América

Primera edición: Book Press, New York
bookpressny@gmail.com
www.bookpressny.com
(917) 238-3155

ISBN-10 0982543352
ISBN-13 9780982543351

A Joaquín Méndez Gaztambide

Una versión temprana de este libro fue finalista en el concurso Letras de Oro (1989-1990) de la Universidad de Miami.

«La espina aguda del deseo» obtuvo el primer premio en el concurso de la Academia Literaria de Hunter College, Nueva York, en 1983 y fue publicado en una antología de los galardonados en 1984.

«El volar no sólo es para los pájaros» fue publicado en el suplemento literario Contrastes de Cali, Colombia, el 25 de marzo de 1984.

«Confusas alarmas» obtuvo una beca para escribir el libreto y las canciones de una pieza para el primer laboratorio musical del teatro INTAR de Nueva York en 1985.

«Vedados de ilusiones» fue publicado en el No. 35 de Huellas (Revista de la Universidad del Norte) de Barranquilla en agosto de 1992.

«El rostro evanescente» ocupó el primer lugar y medalla de oro en el concurso internacional «Odón Betanzos» del Círculo de Escritores y Poetas Iberoamericanos de Nueva York en 1992 y fue publicado en Narradores colombianos en U.S.A. (Bogotá: Instituto Colombiano de Cultura, 1993).

«Cuando sientas el llamado» fue publicado en el suplemento literario de El heraldo de Barranquilla el 31 de enero de 1993.

El relato «El fugitivo» salió publicado en «Monografías» de el diario/la prensa de Nueva York el 30 de enero de 1994.

«¿Y cómo es parada, padre Infante?» ocupó el segundo puesto en el concurso internacional de cuento «Carlos Castro Saavedra» y fue publicado en 5° Concurso de

Cuento Carlos Castro Saavedra *(Medellín: Fondo de Publicaciones Transempaques, 1994).*

«Esta noche, como siempre» fue publicado en Nosotros los latinos *de Nueva York el 16 de diciembre de 1996.*

«El escritor que nunca aprendió a escribir» obtuvo el *segundo lugar en el concurso internacional «Odón Betanzos» del Instituto de Escritores Iberoamericanos de Nueva York en 1996 y fue publicado en* Brújula/Compass *en la edición del invierno de 1999.*

La noveleta Bajo el adoquín, la playa *resultó finalista en el Primer Concurso de Novela Breve «Álvaro Cepeda Samudio» de Bucaramanga en 2003 y fue publicada como premio alternativo (Bucaramanga: Sic Editorial, 2004).*

«Traigo de todo» obtuvo la primera mención hono- *rífica en el Premio de Literatura «Álvaro Cepeda Samudio» de Procultura del Caribe 2005 y fue publicado en* Caravelle: Cahiers du monde hispanique et luso- brésilien, *Tolosa, Francia, en 2006.*

Los cuentos breves «El héroe del sur» y «La encrucijada» (abril-mayo de 2010) y «Literatura y revo- lución» y «La vida, sin embargo» (mayo-junio de 2010) aparecieron publicados en la revista cibernética Crono- pios *de Medellín.*

Mar abajo están los peces

Prólogo de John J. Junieles

Escribir es elegir. Contar cuentos es elegir. Lo saben los ancianos de las tribus, los *best-sellers*, los premios Nobel y la gente de Facebook o Twitter que buscan decir mucho con poco. Ése es el dilema: lo que queda adentro o afuera. Elegir palabras, pero no sólo a ellas, sino al silencio que también cuenta y habla tanto como ellas. Horacio, viejo sabio, nos lo resolvió hace mil años y más: «Quédate con los hechos, las palabras vendrán después».

Pero eso es sólo el principio. Nuestra elección es sometida entonces a otros dilemas: el lugar exacto de algo para que produzca un resultado en el relato, porque la emoción que nosotros ya experimentamos al momento de vivir, presentir o concebir las historias o personajes ya es nuestra; pero cómo compartirla sino buscando producir el mismo efecto que ha despertado en nosotros, para lo cual (incontables veces) resulta necesario falsear nuestra propia versión de los hechos.

Entonces resulta inevitable hablar del lector imaginario, tan invisible, tan buen jugador que se oculta en los escondrijos de nosotros mismos, aunque esto último no lo aceptemos nunca. Terminamos pensando (delirando en nuestra ingenuidad) que en realidad escribimos para nuestra propia necesidad y satisfacción.

Muchos creadores comparten la misma sensibilidad, es decir, se fijan en las mismas cosas, identifican las mismas historias o personajes con los cuales pueden construirse una misma novela, cuento o guión. La gran diferencia está en los detalles elegidos; ya lo dijo alguien que con seguridad se lo escuchó a otro fulano que también lo tomó de alguien: *«Dios y el diablo están en los pequeños detalles»*. Es la suma de esos elementos dispersos en la narración la que marca la diferencia entre dos cuentos de dos autores que abordan el mismo tema.

Toda esta larga introducción, tal vez inútil (pero no para todos, en vos confío terrible lector...), para hablar de *Triacas*, el libro de narrativa breve de Miguel Falquez-Certain. Un conjunto de cuentos, un relato y una noveleta que parecen venir en los mismos recipientes donde envasan los perfumes o los venenos. La levedad de algunos cuentos alcanza un peso que sólo se advierte mucho tiempo después, cuando has rumiado su efecto en el alma. Son los ecos que las historias dejan en ti, y no sus voces, los que te revelan su razón de ser como historias.

Por otro lado, están aquellos cuentos que tienen en sus hechos y tramas la suficiente persuasión para leerlos una y otra vez, para intentar repetir la sensación que nos produjo la primera lectura. Inevitable pensar en Augusto Monterroso y Arreola, que lograban esa particularidad de diseminar en el cuento la magia que los hacía piezas de superchería lectora.

Para mí, los cuentos de Miguel Falquez se acercan más a la tradición anglosajona y europea que a la influencia latino-americana en sus diversos talantes. No por los temas, tampoco por los personajes, sino por el tratamiento y la elección de los elementos de sus cuentos. En Falquez prevalece el clima, la atmósfera, la burbuja sensorial que nos encierra, antes que su trama o argumento o el carácter o quehacer de sus personajes. De la misma manera en que Henry James era considerado un escritor europeo, y no estadounidense, aunque haya nacido en las tierras del gran Hawthorne.

Este libro es de narrativa breve, por supuesto, pero sobre todo es un catálogo de sensaciones. Un mapa sentimental. Un registro de emociones. Allí está la apuesta del creador. Son tramas que empiezan a veces por la mitad de algo que venía pasando y al terminar parecen trompos que seguirán dando vueltas para siempre pues siguen andando. Imaginen esa sensación de que algo seguirá existiendo aun cuando cerremos el libro; no es fácil despertar eso en los lectores.

Cuentos breves como «Literatura y revolución» tienen un efecto sobrecogedor, tienen eficacia, nos siguen resonando como si nuestra memoria fuera las paredes de una montaña. En «Vedados de ilusiones», la voz narradora ha creado un clima de complicidad propia de la vida picaresca y sus espectadores. Nos mantiene en un hilo hasta el final. Hasta pensamos que puede ser un personaje cuyas andanzas y escaramuzas pueden ser retomadas en otros ámbitos.

Especial atención se lleva «La encrucijada», pues entramos a la región de la Historia, asunto de cuidado, no porque viole o sea fiel a la «realidad» de los hechos: es que hay que tener cuidado con los zapatos que elegimos para pisar los lugares comunes de la Historia. Allí podemos quedarnos con la sensación de que el autor nos debe un cálculo de la expectativa que despierta y, tal vez, un manejo menos directo de la presencia de la figura histórica presente.

Dejémonos de sutilezas, estamos entre gente grande: olvídense de que voy a seguir aguando la fiesta, contando todo lo que pasa en cada cuento. Así no se juega el juego. La razón de ser de un prólogo es servir de anzuelo y carnada. Mar abajo están los peces: los cuentos de Falquez. Para decirlo de particular manera, como quisiera yo que dijeran alguna vez de mis ambiguos libros, yo creo que varios de estos cuentos de Falquez le hubieran gustado mucho a Julio Ramón Ribeyro.

Siempre tengo presente un testimonio revelador del escritor rumano Mircea Eliade: «En los campos de concentración rusos, los prisioneros que tenían la suerte de contar con un narrador de historias en su barracón han sobrevivido en mayor número. Escuchar historias les ayudó a atravesar el infierno».

Gozan de aventura y buena salud estos cuentos de Miguel Falquez. A cualquier prisionero de celda le gustaría tenerlo por compañero. Como cualquier mago, Falquez siempre se inventaría algo para que nos durmamos pensando en cómo será el devenir de los personajes y, por supuesto, el final de esas historias. Ese silencio al final, a veces sobrecogedor, será el preludio para otras historias que esperan ser contadas.

La vida, sin embargo

—Inventa la excusa que quieras—me dijo el rabino, —pero ni de fundas te presentes mañana al trabajo.

Pensé no hacerle caso, aunque le conociera desde siempre. Sus consejos me habían ayudado en los peores momentos y ahora no tenía ninguna justificación para no escucharle. Pero ese día cumplíamos Pier Ferdinando y yo un año de habernos conocido. En la calle Rector había un pequeño restaurante italiano que nos encantaba y pensamos celebrar allí nuestro encuentro después del trabajo.

—Lo tengo de fuente fidedigna. Nadie quiere escuchar, pero tú sí que lo harás. Se lo prometí a tu madre.

—Tranquilo, rabino, que yo sé lo que hago.

—Prométemelo.

—Prometido.

Al día siguiente salí de mi casa más temprano que nunca. El otoño no había llegado todavía y aunque la mañana estaba fresca y el cielo despejado, era una brisa que despedía la canícula del verano con un olor de jacintos y malvas que se enroscaba en los abedules.

Tomé el metro sin recordar su advertencia y me enfrasqué en *El arte de la guerra*. Al salir en Fulton, ya eran las ocho y el sol besaba la piel con un escozor de amor recién descubierto.

Decidí comprarle un abrigo a Pier Ferdinando y sorprenderle con el regalo. Tenía todo el tiempo del mundo y el aire de la mañana me hacía sentir en la lengua la pulpa del anón de los años de la infancia.

Al cruzar Church sentí que de pronto se ensombrecía la calle. Mi celular timbró.

—¿Isaac?

—Con él, rabino.

—¿Dónde estás?

El estruendo ahogó su voz.

Al frente un avión se estrellaba contra la torre y la gente corría horrorizada.

Entonces comenzó a caer un polvo blanco como el maná del desierto.

Pan y circo

A Billy

El sol entró por las persianas del cuarto y le calentó el rostro. Un olor a almizcle le invadió las narices y se despertó alegre porque esa mañana la hermana Rosa le llevaría a la sacristía para regalarle los recortes de hostias que el padre Rivas acumulaba en una caja para que la hermana repartiera entre los mejores alumnos del plantel.

Abrió los ojos y tuvo que cubrírselos de inmediato porque los rayos del sol caían justo sobre su cama. Se desperezó, se restregó los ojos y bostezó con ganas de devorar un desayuno monumental con todo lo que su padre a esa hora debía de haber traído de sus viajes de madrugada por las fincas, hortalizas y mercados a ambos extremos de la ciudad. Oyó la regadera del cuarto de baño y se imaginó que a esa hora su madre se duchaba para luego bañarle, vestirle y conducirle a la primera planta y dejar que su aya se encargara del resto.

Al pasar por la habitación de las empleadas de servicio escuchó en la radio una canción triste que entonaba un hombre de voz aflautada y que hablaba de un adiós, de una madrugada y de la lluvia. No sabía por qué pero sintió que se le humedecían los ojos.

Su padre estaba muy parlanchín como era su costumbre y le alzó en vilo, dándole un beso en la mejilla, y le sentó a su lado. Carmelita, la doméstica, había freído las huevas de pescado y el queso blanco, y calentado las arepas con huevo, los buñuelos y las carimañolas que su padre había traído del mercado. Carolina, la sobrina de

Carmelita, que era de su misma edad, le trajo el café con la leche acabada de ordeñar que su padre había traído del potrero en un calambuco y se lo endulzó con tres cucharadas de azúcar como ella ya sabía que le gustaba.

No entendía por qué, pero su madre había entrado finalmente al comedor de mal humor, quejándose del calor y de la lluvia y de los conservadores y de las escapadas de su padre de madrugada a buscar una mala hora por esas hortalizas de chinos donde no había protección sino los grillos y el rocío y un sereno adormilado en una esquina.

—¿Cuándo será el día que tumben a Laureano?—dijo su madre sin ironía, aunque con tal énfasis que a su hijo le recordó la sobreactuación de Társila Criado cuando decía la otra noche en el Teatro Metro «Pero qué calor» en *Melocotón en almíbar* de Mihura que sus padres le habían permitido ver en función nocturna.

—A todo puerco gordo le llega su san Martín—dijo su padre con sorna y le revolvió los rizos con cariño. —Hoy llega el circo, Carlitos.

—Tus amigotes en Barranquilla. Quién te aguanta ahora.

—Papá, el circo grande del que siempre hablas. ¿Me llevarás?

—Por supuesto, Carlitos. Y esta vez vienen con tres pistas. Pero antes iremos a verlos desfilar por las calles de la ciudad.

—Mario, el niño acaba de comenzar el colegio y ya lo vas a malacostumbrar.

—No te preocupes, Dolores. Lo recogeré esta tarde después de clases. Le explicaré a la hermana Rosa.

—Sí, Mami, tengo que ver a los payasos, a los tigres, a los elefantes. Me muero por verlos. ¿Me dejas?

Dolores besa al niño en la frente y se lo entrega a la aya.

—Llévelo al colegio, Angelita. Y tenga cuidado cuando atraviese la calle.

—No se preocupe, niña Dolores ¿qué puede pasar si el colegio está al frente?

—Una nunca sabe. Como dice don Joaquín, mi suegro, hay que contar con la estupidez de los otros automovilistas.

*   *   *

A las cuatro de la tarde llega mi papá al colegio tan campante y habla con la hermana Rosa, buenas tardes hermana, cómo le va, el calor que hace y usted debe de estar asándose con ese hábito de paño y la corneta en la cabeza que la hace sudar a borbotones, tan bonita que es, debería quitársela, cómo se le ocurre, don Mario, no diga tonterías, pero sí, hermana, mírale los ojos azules, Carlitos, ¿tengo razón o no? y las mejillas de la hermana Rosa se le ponen rojas, rojísimas, y yo siento vergüenza ajena porque veo que la hermana se siente incómoda con mi papá y él, como si nada, sigue echándole piropos y convenciéndola que se quite el hábito, que ella ha jurado no quitarse nunca desde cuando entró al noviciado en Medellín, mientras descendemos por la colina hacia la salida del colegio y pasamos por la hermosa gruta de la Virgen de Lourdes rodeada de plantas y pajaritos, hermana, no es nada grave, pero quisiera, si no es mucha molestia, que me permitiera llevarme a Carlitos pues debe acompañarme a una diligencia muy importante, no se lo aconsejo, don Mario, todavía le falta una clase y se suponía que luego se quedara con la Madre Superiora y los otros niños que se preparan para recibir la primera comunión, ya lo sé hermanita, no se preocupe usted que lo que sobra es tiempo, ya verá que Carlitos se aprende todo ese catecismo en un santiamén, tiene una memoria que nos deja perplejos, se memoriza todos los libretos de las obras de teatro en las que participo y me sirve de consueta, es una maravilla, hermana Rosa, ya lo sé, don Mario, no crea que no me he dado cuenta, sin embargo, no se lo aconsejo, pero a la larga usted es el padre y supongo que sabe lo que hace, si se lo quiere llevar quién soy yo para oponerme, gracias hermanita, hasta mañana Carlitos, hasta mañana hermana Rosa, le juro que me lo aprendo todito, ya verá, vayan con Dios, hasta luego, hermana, muchísimas gracias, y con las mismas salimos disparados por la gran puerta de metal que la portera nos abre diligentemente ante la mirada calcinante de la hermana Rosa.

*   *   *

Mi tío Aldo nos espera al frente de su casa al final de una colina del Alto Prado, fumando su tabaco asqueroso acostumbrado que empesta todo lo que encuentra a su paso con ese olor de los mil demonios que siempre me da ganas de vomitar.

A mí no me cae bien mi tío Aldo. Es gordo y alto, siempre está contando chistes verdes y agarrando a las sirvientas y a los niños por las nalgas y riéndose a carcajadas. Lo único bueno es que nos invita de vez en cuando a sus fincas al otro lado del río y entonces tenemos que madrugar para tomar la lancha con el motor fuera de borda y, como cosa rara, serena y hace frío en la travesía por el río hasta llegar a esos pueblos ribereños donde nos reciben con entusiasmo y nos dan todo lo que les pedimos. Lo que más me gusta de mi tío Aldo son los caballos pues me permite cabalgar con mi mamá y arrancar los anones de los árboles que luego devoramos con placer.

Un perro horroroso sale ladrando y me olisquea. Tiene la nariz aplastada y mi papá me dice que es un bóxer, pero a mí me causa miedo y le pido a la muchacha en uniforme que se lo lleve de inmediato.

Mi tía Inés María sale a recibirnos en la sala y me da un beso en la mejilla. Mi papá me contó un día que había sido novio de ella en su juventud, antes de que mi mamá naciera, pues se llevaban entre ellas muchos años, pero que había terminado con ese noviazgo porque ella era muy dominante. Eso me decía mi papá y yo se lo creía pues mi tía Inés María se la pasaba dando órdenes a todo el mundo cuando estaba en su casa, porque de otra forma andaba para arriba y para abajo con una cubana visitando a la Diva Zahibi (una mexicana que había llegado en un circo y, al quedarse varada en Barranquilla, había abierto su salón quiromántico y astrológico) y a cuanta cartomántica y adivina hubiera disponible en la ciudad, averiguando el pasado, el presente y el futuro de sus amigas y enemigas.

La gente decía que eran brujas pero eso, por supuesto, no se mencionaba en mi casa pues a mi mamá le hubiera dado un soponcio, aunque mi papá cada vez que podía le sacaba guasa a la cubana que, según él, la había conocido una noche en Nueva York cuando ésta era una de las primeras Rockettes en Radio City Music Hall. Se la había presentado a un amigo y éste se enamoró perdidamente de la Rockette, se casó con ella y se la trajo a vivir a Barranquilla. Mi tía Inés María y la cubana Sara Lucía eran inseparables y andaban del timbo al tambo en su automóvil que la gente con sorna llamaba el «carro fantasma» pues Sara Lucía con los años se había encogido y ahora sólo se le veía la punta del cogote coronado de mechas rubias cuando manejaba.

Mi tío Aldo apachurró la colilla del tabaco en el cenicero, encendió otro y nos dijo que subiéramos a la segunda planta al salón de estar desde donde observaríamos el paso de la caravana.

Mi tía Inés María se arrellanó en una butaca de mimbre descomunal y mi tío Aldo aprovechó para abrir los grandes ventanales que daban justo sobre la avenida por donde pasaría el desfile. Y en ese momento se escucharon los tambores, flautas, trompetas y platillos que anunciaban la llegada del circo.

Un señor vestido de frac y cubilete multicolor encabezaba el desfile y las aceras se fueron colmando de niños con sus ayas que gritaban alborozados a su paso.

Le seguían tres muchachos que hacían maromas, los tigres en sus jaulas, una mujer que se enroscaba sobre sí misma, los payasos que brincaban, daban zapatetas y se golpeaban entre sí mientras sonaban los platillos y la tuba de los músicos que venían acomodados en una carroza de carnaval. El desfile se detuvo y el señor del frac hablaba a través de un cono que se había colocado en los labios, invitando a los niños a que vinieran esta noche a la función de estreno en el Barrio Boston.

Ante los chillidos de los niños, la marcha continuó, y les siguió un muchacho montado sobre una tabla, que a su vez estaba colocada sobre un barril, que se movía de un lado para el otro mientras el muchacho conservaba el equilibrio con sus piernas abiertas en cada extremo de la tabla. La música cambió y ahora comenzó a sonar una melodía extraña que me causaba sueño y fue cuando divisé a lo lejos a una muchacha bellísima que avanzaba lentamente sentada sobre un gigantesco elefante.

Mi papá me sobó la cabeza y le dije que sería increíble poder pasear en ese elefante junto a esa niña hermosa. Todos se rieron y las mucamas repartieron dulces y galletas y gaseosas, pero en ese mismo instante nos quedamos como petrificados porque el elefante se había apartado de la caravana y entraba decidido al jardín de la casa de mi tío Aldo. La muchacha se inclinó sobre el elefante y le comenzó a sobar las orejas mientras le decía algo, pero el elefante movía la cabeza de un lado al otro.

Fue entonces cuando se acercó al gran ventanal donde todos lo observábamos estupefactos, introdujo la trompa y se llevó las golosinas que yo tenía en las manos. La muchacha, sonriente, me hizo señas mientras le daba palmaditas y un beso al elefante en las orejas, se dieron la vuelta y se volvieron a incorporar lentamente al desfile.

Mi tía Inés María comenzó a farfullar, mi tío Aldo me dio una nalgada, apagó el tabaco y se bebió el whiskey, mi papá se bebió el suyo y salimos de la casa despidiéndonos y dándoles las gracias por habernos invitado.

*   *   *

Mientras descendían la colina rumbo al centro de la ciudad, el calor de junio se entremezclaba con la brisa que golpeaba la cabeza de Carlitos mientras se asomaba jubiloso por la ventanilla del Packard.

Su padre decidió pasar por el local donde a esa hora estarían montando la gran carpa para mostrársela desde lejos a su hijo pues en el centro les esperaban Carlos Alfonso y Ernesto, los propietarios del circo de tres pistas, viejos amigos que recorrían Colombia y Sudamérica con espectáculos cada vez más audaces y vistosos.

La ciudad había crecido tanto que ahora pensaban construir un mercado más sanitario y moderno en ese solar baldío para que las amas de casa no se vieran obligadas a bajar hasta los mercados extra muros, que rodeaban a los caños nauseabundos del río, con el objetivo de realizar sus compras semanales o mensuales.

Allí estaban congregados todos los remolques mientras los trabajadores alzaban la gigantesca carpa y la tensaban en su sitio a martillazos. Don Mario se la señaló a Carlitos y le prometió que esa noche irían a la inauguración.

Ya eran las seis de la tarde cuando llegaron al restaurante en pleno centro donde su padre les había dado cita a los dueños del circo.

A Carlitos le encantaban las palmeras, las mesas y las sillas de bambú, las macetas de helechos y los rincones repletos de plantas frondosas iluminadas con luces verdes indirectas. Era como si entraran a un bosque o a la selva, aunque con la maravillosa diferencia que el aire acondicionado que respiraban les ayudaba a aislarse del calor húmedo y brutal del exterior.

Carlos Alfonso y Ernesto se levantaron de la mesa al verles llegar y abrazaron con efusión a don Mario, a quien no habían visto desde hacía un par de años en su última visita a la ciudad.

Carlitos se negaba a probar el coctel de ostras que al parecer todos paladeaban con deleite. Tanto insistió su padre que se decidió a hacerlo y sintió que una cosa babosa le bajaba por la garganta, pero ya era muy tarde pues una tras otra las ostras se desprendían y descendían velozmente sin que Carlitos pudiera ya hacer nada por evitarlo. Sin embargo, el sabor picante de la salsa que le quedó en la boca le abrió el olfato y le hizo respirar profundamente el aire de azucenas que se desprendía de los floreros, casi imperceptible hasta ese momento. Cerró los ojos y saboreó el pique acumulado en la punta de la lengua y los volvió a abrir cuando escuchó que su padre, Carlos Alfonso y Ernesto reían a carcajadas.

Recordaban sus años de juventud en Cali en los años treinta cuando don Mario había ido allí a asumir su cargo de director de telecomunicaciones designado por su cuñado, el Ministro. Se había casado recientemente en Bogotá y su mujer estaba encinta. Carlos Alfonso y Ernesto eran jóvenes empresarios y se habían asociado para fundar el primer parque de atracciones con proyección internacional. Don Mario, que había vivido en Nueva York en los años veinte, siempre lo llamó Coney Island, aunque sus amigos se negaron a llamarlo de esa forma y lo bautizaron «Ciudad de hierro». En el Club San Fernando, en los paseos campestres y a través de los negocios, su amistad floreció y se había afianzado a lo largo de los últimos veinte años.

Al despedirse, Carlos Alfonso le entregó a don Mario una boleta de cortesía para toda la familia. Se abrazaron con emoción y quedaron en verse esa noche en la función de gala del circo.

*　　*　　*

Los hermanos de Carlitos, Andy y Rudy, habían celebrado sus cumpleaños en otras ocasiones con los payasos y malabaristas del circo que don Mario había traído hasta la casa como un regalo excepcional en esa ciudad aletargada de los años cuarenta. Sin embargo, Carlitos no había tenido aún ese privilegio.

La noche de la inauguración había sido inolvidable. En las tres pistas, cosa nunca vista antes en la ciudad, no sólo los payasos se lucieron con sus maromas y zancadillas, sino también los domadores de leones y tigres haciéndoles saltar por aros de fuego vivo; Richard, el malabarista, hacía girar continuamente unos platos sin permitirles que cayeran; las hermanas de Algeciras se contorsionaban hasta lograr unas posturas tan enrevesadas que parecían diosas indias o pulpos desaforados en las profundidades oceánicas; los hermanos Mirabal se trepaban uno sobre el otro hasta crear una pirámide humana; Silena, la domadora de elefantes, conducía a los elefantes en fila india agarrados entre sí por las colas, desde el mayor hasta el menor, alrededor de una de las pistas; los hermanos Morel, trapecistas de fama internacional, se atrevieron a dar el tripe salto mortal esa noche y las siguientes al redoble de un tambor que paralizaba corazones; el mago Fu Manchú enloqueció al público cuando hizo desaparecer al león más fiero y, finalmente, Carandirú, el brasileño que arrojaba llamaradas por la boca, tan largas que lograban chamuscar a los chiquillos distraídos de la primera fila. Fue un éxito arrollador y la boletería se siguió agotando todas las noches.

A medida que pasaban los días y después de clases, Carlitos y su hermano Andy visitaban con frecuencia los tráileres donde vivían los artistas circenses. Andy hizo amistad con Silena, la domadora de elefantes, y ella y sus hermanos maromeros le enseñaron malabares con bolas y tablas de equilibrios. Los ojos azules de Silena habían cautivado a Andy y decía que por vez primera había descubierto lo que era el amor. Cuando no estaban juntos, se escribían cartas que luego comentaban al día siguiente al reencontrarse.

Andy vivía ensimismado cuando estaba solo y embelesado en la presencia de Silena, tanto así que Carlitos andaba por su cuenta recorriendo carpas y descubriendo asombrado el mundo extraño y mágico del circo.

Una tarde descubrió a los hermanos Morel discutiendo porque el mediano, Julián, andaba perdidamente enamorado de su prima Silena y se lo comían los celos. Sus hermanos trataron de calmarle cuando de pronto y sin ningún aviso se extrajo una pistola de la cintura y la blandió por los aires hasta que su hermano mayor le obligó a descargarla y ponerla a buen recaudo en un estuche.

Richard, el malabarista de los platos, era el único que tenía su propio automóvil con aire acondicionado, un Volkswagen, pues el resto de los artistas viajaban en buses gigantescos. Richard invitó a Carlitos a su automóvil donde le puso a sonar un disco de 45 RPM en un tocadiscos especial incrustado en la parte baja del tablero, provisto de resortes para evitar que la aguja saltara con el movimiento. Le dijo que se titulaba «Lágrimas de amor» y que el cantante era un ecuatoriano llamado Olimpo Cárdenas. Carlitos inmediatamente identificó la canción que le venía acosando desde hacía varios días por el aparato de radio de las sirvientas de su casa. Cada vez que la escuchaba, sentía como si un nudo se le formara en la garganta cuando Olimpo, ahora sabía su nombre, decía que aquélla sería «nuestra última noche de amor». Tal vez fuera porque su hermano Andy la tarareaba en casa y se la cantaba a Silena con el tiple antes de las funciones nocturnas. «Capullito de rosas,

¿qué tienes para mí?» le cantaba y ambos se sonrojaban y no sabían hacia dónde mirar. Tal vez fuera eso, pensó, y se le humedecieron los ojos.

Se despidió de Richard y salió del carro dando brinquitos hasta alejarse de la carpa y del solar hasta encontrarse con su padre que ya le esperaba en el Packard junto con su hermano Andy.

* * *

La noche de despedida estaba tan lleno el circo que los revendedores en la puerta hicieron su agosto.

Muchachos y muchachas engalanados con lentejuelas con los colores del circo pasaban por los pasillos ofreciendo en bandejas crispetas, algodón de azúcar, panes de yuca, arropillas, cocadas, frunas, chocolates y gaseosas.

El Maestro de ceremonia cerró el espectáculo con un discurso sentimental que fue recibido con aplausos por un público enardecido que se puso en pie hasta despedir uno por uno a todos los artistas con quienes habían convivido prácticamente las últimas semanas.

Carlitos comenzó a deambular por los remolques estacionados detrás de la gran carpa, mientras su padre y su madre hablaban animadamente con Carlos Alfonso, Ernesto, Aldo e Inés María en un gran mesón que habían colocado en el centro de una de las pistas para los festejos de despedida.

A lo lejos oyó que su hermano Andy cantaba «nos tenemos que decir adiós porque quizás jamás» y se acercó con sigilo hasta la puerta del tráiler donde vio a Silena con los ojos llenos de lágrimas. Andy le dio un beso en la mejilla y le vio salir corriendo abochornado del remolque llevando en bandolera el tiple. Carlitos se ocultó rápidamente debajo del remolque y detrás de la rueda delantera para evitar que su hermano le descubriera.

Cuando ya estaba dispuesto a marcharse, se dio cuenta que Julián Morel se acercaba apresurado con la pistola semioculta en la cintura. Dio un traspié antes de llegar, pero se enderezó en el acto, seguro de sí mismo, y dando voces entró al tráiler.

Carlitos se agazapó asustado entre las llantas y sólo escuchó el breve altercado que se interrumpió con dos disparos que reverberaron por toda la extensión del parque.

Julián Morel dio un salto desde el tráiler y cayó de pie sobre el campamento: tenía los ojos llenos de lágrimas y el rostro salpicado de sangre y, sin pensarlo dos veces, se dio a la fuga.

Carlitos se asomó un instante y vio cómo una línea de sangre bajaba por la frente de Silena. Sus ojos de un malva difuminado miraban vidriosos hacia el cielo raso.

A medida que Carlitos se alejaba del remolque en busca de sus padres, los domadores, malabaristas, trapecistas, contorsionistas y payasos formaban un tornado humano que avanzaba dando coletazos hacia el cuerpo inerte de la domadora de elefantes.

*   *   *

Al día siguiente, se habían interrumpido las clases intempestivamente en los colegios de la ciudad porque el Capitán Polanía había anunciado el golpe de estado que el General Gustavo Rojas Pinilla había asestado al gobierno de Laureano Gómez en Bogotá.

Cuando don Mario, Aldo y Carlitos regresaron al solar del Barrio Boston donde hasta ayer había estado el circo de tres pistas encontraron el lugar abandonado, salvo el elefante de Silena que se encontraba solo y olisqueando con su trompa colosal el aserrín de una fiesta concluida.

El tío Aldo se había encaprichado con aquel elefante que con tanto desparpajo había entrado en su jardín para olisquear sin más preámbulos las astromelias de la tía Inés María. Logró que sus propietarios se lo vendieran por una suma considerable y, luego de pasearlo por sus fincas, tenía la intención de regalarlo al zoológico incipiente que pronto abriría sus puertas en las afueras de la ciudad.

En el entretanto, Carlitos había intentado convencer a su padre para que cabalgaran juntos sobre el elefante y después de mucho discutir lo peligroso que esto podría ser para ambos, y ante los estímulos del tío Aldo y la falta de cordura debida a la ausencia de la madre, padre e hijo se treparon finalmente por el lomo y salieron del solar rumbo a la calle, comenzando a ascender con pasos lentos la avenida semidesierta rumbo a la casa de Aldo, quien les seguía tocando la bocina de su Cadillac descapotable, mientras sembraban la admiración y provocaban el embotellamiento de una ciudad que se despertaba jubilosa en medio del calor asfixiante del mediodía.

Esta noche, como siempre

A Clemencia Álvarez

Berta sabía perfectamente que no podía aguantar más. La noche anterior, en los túneles de Grand Central, había tenido que luchar cuerpo a cuerpo con los policías que finalmente lograron apaciguarla y sacarla pacíficamente de las instalaciones. ¿Pero qué podía hacer? Desde que su marido la había dejado por otra mujer que bien podría ser su hija, Berta se había abandonado y comenzó a consumir más licor y tranquilizantes que lo acostumbrado en veinte años de matrimonio. En los primeros tiempos lo sabía disimular llamando temprano a la oficina y excusándose por una enfermedad que más tenía que ver con el delírium trémens. Luego comenzó a faltar cada vez más, tanto así que su jefe la llamó un día a su oficina para amonestarla y decirle que de ahora en adelante no toleraría más sus ausencias ni sus faltas de puntualidad.

Berta realmente trató de moderarse en la bebida pero nunca buscó ayuda profesional. Un día se despertó y se dio cuenta que era domingo cuando encendió el televisor: había estado durmiendo durante tres días seguidos sin reportarse al trabajo. Naturalmente, cuando se presentó a su oficina el lunes, la secretaria de personal la estaba esperando para entregarle un sobre con la papeleta rosada.

Los beneficios de desempleo le fueron negados y vivió de sus ahorros por tres meses al cabo de los cuales se vio en la calle, sin un techo que la protegiera ni a quien acudir. Estaba sola en una ciudad que prefería no ver vivos a los desamparados.

Mendigó por las calles y en las noches recurría a los refugios que el gobierno ofrecía. Pero allí la vida se le hizo insoportable cuando presenciaba el tráfico de drogas, el consumo de alcohol y la prostitución descarada. Terminó por andar por las avenidas con su carrito de supermercado lleno de sus chécheres, las únicas cosas que había podido rescatar de su apartamento antes de que la desahuciaran. Dormía entonces donde la cogiera la noche con sus inesperados sucesos. Al principio fue en los trenes, pero con tanto hostigamiento de los policías decidió buscar refugio debajo de los grandes puentes en donde ya existían colonias de gentes como ella que se habían aclimatado al desamparo y le daban al tiempo buena cara: habían construido una especie de ciudadela debajo del Queens Bridge en donde robaban electricidad de los cables de alta tensión que les permitían conectar sus televisores, calentar café y cocinar.

Con el tiempo Berta logró imponerse y consiguió su parcela en medio del grupo de colonos. Robando pequeñas cosas que dejaban descuidadas los transeúntes, mendigando siempre, se había construido un espacio que podía llamar suyo: una mesita, un catre militar, su hornilla en donde calentaba las latas de comida que le daban las instituciones de caridad, hasta un pequeño televisor en donde podía ver por las noches sus comedias favoritas. Después de todo, había que reírse de la vida porque tanta amargura sólo conduciría a la depresión y al suicidio.

Esa noche Berta regresó a su casita con un poco de comida que había podido comprar en el supermercado gracias a los nuevos cupones de alimentos que alguien le había regalado. Pero algo la sorprendió de inmediato: las luces del lugar estaban encendidas y se veía una sombra que se movía con soltura como Pedro por su casa. Instintivamente tomó un guijarro que encontró a su paso y se acercó sigilosamente. Conteniendo la respiración, pensó que era una ironía o una jugada más que le deparaba el destino: allí, frente a sus ojos, se encontraba remoloneando y utilizando sus cosas, como dueña y señora, esa maldita uruguaya que le había hecho la vida imposible desde su llegada.

Berta recordó con ira contenida cómo Isabel la había humillado por sus orígenes indígenas, por su presencia, por su ignorancia. Ella, por el contrario, hablaba de sus ancestros ingleses y de su labor como jefa de relaciones públicas en McGraw Hill. Rubia, blanca, con ojos azules, se la pasaba alardeando de sus antepasados al calor de la fogata que reunía a los colonos los sábados por la noche. Ese odio refrenado por Berta se materializó finalmente en un grito descomunal y entró como una amazona en el recinto exiguo cubierto por cuatro paredes de aluminio.

—¿Qué carajo hace aquí, señora?—le dijo, temblándole la voz. El guijarro lo había escondido con las manos cruzadas a su espalda.

—Doña Isabel para usted, no se le olvide, india descarada.

—Este es mi pago. Aquí nadie se mete.

—Era. Ahora es mío.

—Mire, sálgase ahorita y aquí no ha pasado nada, se lo aseguro.

—Ni más faltaba. Una india sucia como usted dándome órdenes. Mi familia...

—No hablemos de su familia y váyase, se lo ruego. ¿Qué puedo tener yo que usted no tenga? Por favor, sálgase.

—Nada tiene que hacer. Todo ha sido decidido por el concejo de la comuna. Gente de su calaña no merece estar en este sitio.

—Doña Isabel, esto es lo único que tengo. Usted puede regresar al Uruguay, vivir la vida que usted se merece. Pero yo no. Desde que el propio se fue y yo quedé en la calle no tengo nada. Se lo ruego por lo que más quiera.

—Váyase con los suyos que aquí las reservaciones de indios sobran.

—No me obligue...

—¿Qué? ¿Me está amenazando?

La mente de Berta se disolvió en un túnel profundo lleno de estrellas fugitivas; era como si el odio y el rencor y la furia de tantas frustraciones y amarguras salieran a flote como una flor que se abriera esplendorosa en una madrugada de mayo.

—¿Entonces qué, india asquerosa, en qué quedamos?

Berta cerró los ojos como queriendo evitar una pesadilla. Los abrió nuevamente y la luz del foco desnudo moviéndose en la tienda la cegó por un momento. Luego, con mano segura, alzó el brazo y con el guijarro le destrozó la frente.

Cuando sientas el llamado

A Randy

—Aquí no tengo futuro—dijo, y aspiró el cigarrillo.

—Entonces no podrás enseñarme a jugar béisbol como me habías prometido...

—Carlitos, tú no entiendes todavía... tienes toda tu vida por delante...

—No veo por qué tienes que irte... podrías trabajar con mi papá.

—En este pueblo de mierda no hay futuro.

—Rudy, quédate por favor. Aunque sea un año más.

Rudy abrazó a su hermano menor y le limpió las lágrimas que le corrían por las mejillas.

—No llores, Carlos Alberto. Ya eres casi un hombre. Lástima que no estaré con ustedes para celebrar tu cumpleaños.

El cielo estaba encapotado y la brisa decembrina movía violentamente los palos de matarratón anunciando una tormenta.

—Rudy, no sabes cuánto te echaré de menos... tantas cosas que íbamos a hacer juntos...

—Vendré de vacaciones, nada cambiará... vendrás a visitarme.

—Eso lo dudo, con el terror que le tiene mi papá a los aviones. Tendrás que venir tú a Barranquilla.

Rudy le acarició los cabellos rizados a Carlos Alberto y le alzó en vilo. Un relámpago brilló y zigzagueó en el firmamento y se fue a estrellar en el pararrayos del Colegio de Lourdes al frente de la casa de los Riva-deneira. Las baldosas de la terraza vibraron con el trueno, una brisa húmeda y violenta les azotó los cuerpos, y el cielo se abrió un segundo dándole paso al aguacero.

—Agggg—tiritó Carlos Alberto—. Me pone la carne de gallina.

—Vamos adentro que tienen que estar en el puerto dentro de dos horas.

Mario Rivadeneira, el padre de Carlos Alberto y Rudy, había viajado extensamente en su juventud, pero siempre en buques, vapores que le habían llevado varias veces a Venezuela, México y Nueva York cuando la aviación comercial estaba aún en cierne y aquéllos que se arriesgaban a tomarlos eran considerados «aventureros». Una vez que la Prohibición había llegado a su término y el *big crash* había dejado a la población norteamericana sumida en la gran crisis económica, Mario Rivadeneira había regresado a casa de sus padres en Barranquilla con la intención de integrarse de nuevo a esa sociedad a la que había eludido por tantos años en sus andanzas de bohemio, actor, torero, empresario y, finalmente, como contrabandista de licor en la Nueva York de los años veinte. Los pocos viajes que luego hizo a Venezuela los hizo siempre en barco; de allí su arraigada aversión a montarse en un avión. Por eso había decidido que si era cierto había consentido que su segundo hijo, Andrés, mejor conocido como Andy, participara en la comparsa folklórica que ese año representaría al Departamento del Atlántico en la Feria de Manizales, lo había hecho con la condición de que no viajarían en avión ni mucho menos en una avioneta que les llevaría a una segura muerte al aterrizar en el imposible aeropuerto de La Nubia recortado sobre una montaña que, vengativa por la emasculación ejecutada sobre su territorio, esperaba con saña que los frenos le fallaran a cuanto avioncito se atreviera a aterrizar en su seno. No. Mario Rivadeneira no estaba dispuesto a someterse a ese suicidio.

De modo que podría inferirse que don Mario sufría de acrofobia ya que solía contar en un tono didáctico cómo, al dejar a Nueva York, el edificio más alto del mundo era el Chrysler (aunque nunca se hubiera atrevido a mirar a la ciudad desde esa alta perspectiva) y que estaba en construcción el Empire State. Podría ser ese vértigo a las alturas lo que le impedía treparse en un Constellation, incluso ahora, ya a punto de finalizar los años cincuenta. O, tal vez, don Mario simplemente era un señor chapado a la antigua, como una vez lo fuera su padre—incapaz de adaptarse a los rápidos cambios de la tecnología moderna. Lo cierto fue que convenció a Salvatore Moscarella, gran amigo suyo y hasta cierto punto una especie de «favorito» si es posible tildarlo de tal modo por estas latitudes, quien era el director del Ministerio Cultural del Atlántico y encargado de representar a la delegación del departamento en la Feria de Manizales, de que viajaran por barco fluvial, carro y tren (tres medios más normales y «arraigados») que someterse a la incertidumbre de una avioneta y a la maldición de la legendaria Nubia. Para convencerle le arguyó factores económicos que siempre son pertinentes cuando se dispone de pocos fondos otorgados por un magro presupuesto gubernamental. Salvatore se dio por vencido después de la larga perorata a la que le sometió, sin suspiro, éste ya envejeciente don Mario, actor dirigido por él en comedias de su propia cosecha y a quien consideraba, además de amigo, mentor y gran hombre de las tablas. También fue fácil convencer a Salvatore ya que éste, a su vez, había hecho muchos viajes culturales (pagados por ricos mecenas criollos asentados en la otra orilla) a Europa, siempre en paquebote, y surcado sus entornos con la ayuda inigualable de los ferrocarriles. El espaldarazo vino, inevitable, cuando se enteraron que remontarían el Río Magdalena en el David Arango: el mejor barco de la flota.

Ésta no era una ocasión como las otras. Se trataba de una oportunidad única, tal vez arrasar con todos los codiciados premios que en los últimos años les habían sido otorgados a conjuntos de raza negra del Chocó y Bolívar. Una nueva coreógrafa, recién llegada del París existencialista de Juliette Greco e Yves Montand, de Jean-Paul Sartre y de Simone de Beauvoir, había irrumpido en su tierra barranquillera—en compañía de su no menos emergente esposo y pintor—con bombos y platillos. Salvatore Moscarella se encargó de cortejar estos nuevos y descomunales talentos por medio de espectáculos y exposiciones que su ministerio organizó a lo largo de ese año y, ya en noviembre, la coreógrafa se sumergió con furia en ensayos maratónicos en la Escuela de Bellas Artes en donde les sorprendía muchas veces la luz del alba colándose por las persianas. El grupo se formó alrededor de la reina del carnaval y de una cohorte de muchachos alegres que, como descubriendo un nuevo juguete, se entregaban ebrios en brazos de esta Terpsícore criolla a aprender sedientos los desenfrenados pasos de la Cumbia y del Mapalé. Para colmo de la dicha, el esposo-pintor asintió a hacer los decorados y los diseños del vestuario. Todo iba viento en popa.

El único inconveniente que encontraba don Mario era que toda la familia no pasaría junta las fiestas navideñas. Rudy, luego de haber trabajado en un sinnúmero de empleos desde cuando abandonó el segundo de bachillerato (vendiendo joyas con don Mario, ayudándole en sus rifas,

en su tienda de fotografía «Estudios Artísticos Rivadeneira», como locutor en las Emisoras Unidas) tenía que
quedarse cumpliendo con su más reciente trabajo de de-
pendiente y vendedor de automóviles, tanto por ser la
mejor temporada para esta clase de negocios como porque
debía ahorrar hasta el último centavo para comprar
dólares si quería irse a vivir, como lo tenía planeado, a los
Estados Unidos el próximo quince de enero. Por su lado
Betty, la hija mayor de don Mario, quien estaba separada
de su esposo, debía asimismo atender a sus obligaciones
como secretaria ejecutiva de la Federación Nacional de
Cafeteros. Por otro lado, don Mario decía que a «la
oportunidad la pintan calva», refiriéndose a la posibilidad
de tomarse unas vacaciones largas, por mucho tiempo
postergadas, que bien se merecía. Y no menos oportuna
era ya que, cayendo la feria durante las vacaciones
escolares, su hijo menor, Carlos Alberto, podía acom-
pañarles y celebrarían esta vez el cumpleaños de su hijo
consentido ya en el bote o en Manizales, de todas formas
lejos de Barranquilla y de su rutinaria fiesta «chiquillera»
con payasos, pudines, magos y mimos. No había que
olvidar tampoco la oportunidad de matar dos pájaros de
un tiro: su otro hijo, Andy, acababa de terminar el
bachillerato y, aunque todavía no le habían dado el cartón
pues debía habilitar dos materias para recibirlo, había
que celebrarlo de alguna forma. No menos propicia era la
ocasión ya que la famosa coreógrafa había escogido a
Andy para el elenco de los bailarines principales y, si bien
era cierto que ya tenía diecinueve años, don Mario no le
iba a dejar ir a tierra extraña «por la libreta», como él
decía, sino bajo la supervisión de sus padres. Dolores, su
esposa, estaba encantada de poder ver a Andy, su hijo
favorito, finalmente cosechando los triunfos artísticos que

ella estaba segura estaban consignados en su destino por las muestras más que fehacientes que Andy había dado desde niño en el canto, el baile, los instrumentos de cuerda y el teatro.

De esta forma los Rivadeneira habrían de ser conducidos hasta el Terminal Marítimo y Fluvial de Barranquilla por Rudy, quien les recogió en la puerta de la casa a las dos en punto, cuando el aguacero y sus «arroyos» habían dejado sus rastros marcados en las calles pavimentadas del Prado, cuando los automóviles se dirigían al centro de la ciudad en donde sus pasajeros debían continuar las labores interrumpidas y postergadas por el almuerzo y alargadas por el temporal, y justo cuando un rayo de sol irrumpía soberbio sobre los pinos gigantescos de la terraza frente al Colegio de Lourdes.

—Rudy, Rudy.

—¿Vas a portarte bien con mi papá?

—Sí, Rudy. Antes de que te vayas me enseñarás a parar la bola con tu manilla.

—Seguro, Carlitos. Pero pórtate bien con mi papá. No vayas a darle una de tus rabietas, mira que ya está viejo.

—Te lo prometo.

Rudy se agacha, le abraza y le acaricia los bucles.

—Cuando regreses de Manizales tenemos que hablar de hombre a hombre.

Carlos Alberto le mira confuso.

—No te preocupes. Dentro de poco tú notarás los cambios.

—¿Qué cambios?

—La voz, el cuerpo... ¡Feliz cumpleaños, Carlos Alberto! Dentro de poco cumplirás once años.

—Estaré en el David Arango, si acaso.

—Donde estés, acuérdate de mí.

—Sí, Rudy.

Rudy le acaricia los bucles y le agarra la barbilla.

—Cuídate, Bartolo.

Carlos Alberto le da un beso en la mejilla y corre hasta la pasarela donde don Mario le espera con los brazos abiertos.

He estado admirando a los otros muchachos jugar en la borda del barco. A medida que el David Arango asciende por estas aguas turbulentas me siento tan solo, lejos de mis amigos, no sé cómo comportarme. Por las noches los grandes beben whiskey en el bar con aire acondicionado, mi papá y mi mamá bailan lánguidos boleros, y Andy se distrae con dos antioqueñas que conoció al abordar. Son simpáticas pero me hacen sentir mal cuando me miran, me tocan, me besan.

Con los totumos que compramos en la ribera de Magangué jugamos a echarnos agua en los cuerpos semidesnudos, y noto que en sus vestidos de baño, ya húmedos, se les marcan bultos demasiado grandes, protuberancias que no se identifican en tamaño a las observadas por mí cuando me miro curioso en el espejo por las mañanas.

Muchas veces siento que me sonrojo, que los otros van a darse cuenta que los miro con demasiada insistencia, que se burlarán de mí o me perseguirán para pegarme. No sé cómo mirarlos, no me siento cómodo en compañía de las hijas de los músicos y tripulantes que nos acompañan en estas tardes húmedas entonando tantas veces «Pilá, pilá, pilandera... » y rompiendo en danzas desenfrenadas al compás del «Gallo giro». Tan sólo la hija de la cantante, con sus ojos grandes y verdes, me inspira confianza y con ella he jugado todo el día dominó. Me mira con ternura, a veces nos abrazamos en los rincones de los corredores de los camarotes y nos damos un besito en la mejilla antes de irnos a dormir.

Cuando por fin llegamos a las escalinatas del puerto del Banco pude salir del susto que pasé al despertarme. Me encontré los primeros vellos púbicos y no sabía qué hacer con la erección tan anunciada por todos mis amigos. Mi papá llegó a buscarme para que fuéramos al pueblo y corrí a la regadera en donde pude desahogarme. Nadie notó nada diferente cuando subimos por las hermosas escalinatas hasta el pueblo. Ni siquiera después de que me puse varios pedazos de papel higiénico en los calzoncillos para que el bulto fuera comparable a los de los demás muchachos.

Y aunque después todo el mundo se fijaba en mí porque puse en práctica los conocimientos de póquer que mi papá me había enseñado a lo largo de estas vacaciones, ni siquiera entonces me sentí contento. Había ganado todo el dinero, incluyendo el de las dos amigas de Andy, cuando se me salió un gallo sin darme cuenta. Las antioqueñas soltaron una carcajada y me levanté furioso no sin antes recoger todo el dinero que les había ganado.

Y, sin embargo, cuando mi papá y mi mamá me llevaron de la mano por todo el pueblo de La Gloria, y mi papá nos contaba sus aventuras cuando él era contador de un barco fluvial a la misma edad de Rudy y le tocaba viajar por estos pueblos constantemente, me sentí seguro, contento de estar con ellos pero, al mismo tiempo, triste porque me acordé que Rudy no estaba con nosotros, de que se irá para Miami cuando regresemos. Mi papá nos mostró una pizarra en la plaza de La Gloria que decía: «Aquí se sufre pero también se goza», asegurándonos que siempre, desde que él la recordaba, había estado allí, con esa misma tiza, con esa misma caligrafía. «El tiempo no ha pasado», nos decía.

Pero dos telegramas que llegaron anoche, cuando yo estaba durmiendo, le han dañado el paseo a todo el mundo. Uno de ellos dice que los que se fueron por avión ya están en Manizales y que nos esperan para ganarles a los cartageneros. El otro telegrama, dirigido al capitán, le dice que no podrá llegar hasta La Dorada, como teníamos previsto, pues el río se está secando y el David Arango tiene mucho cabotaje para poder llegar allá con tan poca profundidad sin atascarse.

Mi papá se ha puesto furioso pues mañana tendremos que quedarnos en Barrancabermeja y de allí tomar una avioneta hasta Manizales. Se la ha pasado peleando con Salvatore toda la tarde «por haberlo traicionado». Mi mamá no hace sino llorar pues mi papá dice que ya no irán a Manizales, que «sobre su cadáver» Andy irá solo a la feria en esa avioneta-de-mala-muerte, que «donde manda capitán no manda marinero».

Por la noche me despierto sobresaltado varias veces y le digo a Andy que no se preocupe, que todo saldrá bien, que mi papá lo dejará ir, que este año los barranquilleros ganaremos en la feria.

Pero todo en vano. El cuerpo lo siento calenturiento, tengo fiebre, los vellos en las axilas parecen que me hubieran salido de la noche a la mañana o que no los hubiera visto antes, me siento enfermo con ganas de vomitar, de regresar corriendo a casa, de irme al patio adonde está Toribia, mi chimpancé y mascota, para jugar con ella sobre la hierba y escuchar a los turpiales, pitirres y jilgueros en la jaula gigantesca, y luego observar a las bailarinas y escalares en las piletas y acuarios de mi casa.

Todo en vano, todo en vano, un sudor me corre por el cuerpo y siento frío, siento que me estoy muriendo, que un suspiro se me escapa de los labios, y luego el pa-roxismo, el paroxismo último que es el último placer y el último pecado.

Después de haberme puesto los pantalones blancos ajustados y de habérmelos subido hasta el tope de forma que se me marcara un bulto respetable, me dirigí al puerto petrolero de Barrancabermeja. Andy y las antio-queñas nos acompañaron a recorrer este pueblo que me parece más caliente que Barranquilla, aunque por for-tuna un amigo de mi papá que vive allí nos llevó a almorzar al Club Naval que acababan de inaugurar y que tenía aire acondicionado. Allí la cosa se sentía distinta y la vista al río cuesta abajo (pues el club se encuentra sobre una colina) es muy linda.

Y aunque el señor amigo de mi papá nos invitó esta noche al baile del Club Naval, me siento triste porque no sé qué pasará y me acuerdo de Rudy en Barranquilla en donde esta noche todo el mundo estará celebrando en las calles la fiesta de las velitas. Solamente nos quedan dos alternativas, dice mi papá (quien ha dicho terminan-temente que no irá con el resto del grupo en avioneta): o esperamos en Barranca el buque de regreso o nos vamos a Bucaramanga en tren a visitar unos parientes y pasar con ellos las navidades, y sanseacabó.

Dicho y hecho, a mi papá no hay quién lo convenza, y hemos ido al aeropuerto a despedir a Salvatore y al grupo, y de pronto Andy se le arrodilla a mi papá ro-gándole que lo deje irse a Manizales, pero todo en vano, y mi mamá comienza a lloriquear, y Andy se desmaya en mitad de la pista de manera que tienen que llevárselo a la sombra y luego en ambulancia hasta la clínica.

Y ahora estamos aquí en medio de este inmenso Club Naval que todavía no está terminado, con sus techos obtusos y angulares, sus salones sin empañotar repletos de militares y de gente que no conozco y que en cierta forma me intimida, cuando afuera un gran estallido se siente y en un gran fogonazo el cielo se ilumina, y hay un apagón en el club y la gente sale corriendo enloquecida buscando una salida, y el terror me camina por el cuerpo, y me aferro a las manos de mi papá y de mi mamá, y lloro, y grito, y nos empujan enceguecidos, y las sirenas de los bomberos se oyen a lo lejos, y el calor nos asfixia con un tun-tun-tún, tun-tun-tún que baja de la montaña, y cuando finalmente logramos salir al gran portal de esta larga, monumental, inmensa y absurda pirámide moderna que ya en su nacimiento luce abandonada, afuera el sol de un demencial infierno revienta el cascarón del David Arango que yace ahora solo, retorciéndose en las llamas de un torbellino inaplazable.

El fugitivo

La mer, la mer, toujours recommencée!
« *Le Cimetière marin* », *Paul Valéry*

De la oruga olvidada en el rincón durante los últimos doce días ha volado, metamorfoseada en *morpho cypris*, la hermosa mariposa blanquiazul que ahora me ronda, sin respiro, en esta celda obscura y húmeda, iluminada tan sólo por el raquítico rayo de luz lechoso que se cuela en las mañanas por la ventanilla enrejada encima de la cabecera de mi catre con vaquetas.

En las mañanas trato de descifrar los criptogramas repartidos en desorden por las paredes, pensando que tal vez me ayuden a sobrevivir el aislamiento a que me he visto sometido desde mi entrega voluntaria, pero en vano: el salitre ha carcomido el empañote, dejando meandros de palabras sin continuidad posible, construyendo entre ellas, sin quererlo, un rompecabezas colosal, invulnerable y sabio que me reta, eficientemente, a mantener la frágil cordura que aún me queda.

Rehúso a creer en sus dictámenes, me niego a aceptar que una psicosis o una esquizofrenia sean la prognosis de un estado que me parece ajeno, que me aliena aún más en la pesquisa que me devuelva a la memoria, más que los detalles de una noche inesperada e infausta, ahora adormecida en el recuerdo, los móviles de una traición, la explicación satisfactoria y convincente de un desencuentro fortuito y, para ellos, ejecutado con sevicia.

Inútiles hasta ahora han sido sus esfuerzos, sus gritos, puñetazos y métodos de tortura me han sumido aún más en mi mutismo: cuando me despiertan a empe-

llones, instantes después de haberme rendido a la modo-
rra de un sueño esquivo y postergado sin cesar, las luces
de doscientos vatios violándome las pupilas en una
dilación violenta y cruenta, mi cuerpo exangüe se rinde
desplomándose en el suelo mugriento de orines y excre-
mentos, y mi garganta sólo emite un sonido apenas per-
ceptible, un suspiro ahogado en la marabunta de sus
enardecidos improperios. Solo e indefenso, cuando se han
marchado y dejan de espiarme por el diminuto ojo mágico
de la puerta de hierro oxidado y de un color de brea hir-
viente, siento vagamente la ausencia de mi madre, la
angustia de sospechar que hasta ella me ha abandonado
por completo.

No puedo culparla, sin embargo. Su rostro descom-
puesto, observándome desde el balcón del quinto piso de
nuestro apartamento, aquella mañana lluviosa catorce
días atrás, cuando la romería se dirigía amanecida y
ebria a los festivales anuales de esta ciudad porteña, mi
presencia en medio de la turba (despeinado, sangrando,
descalzo, desabrochada la camisa y los pantalones reco-
gidos) una pesadilla debió de parecerle. Sin escuchar sus
gritos pidiéndome que volviera a casa, me fui hasta la
esquina del hotel y abordé un taxi que me condujo al
terminal de buses en donde compré una botella de aguardiente.

Fue entonces cuando ensordecido por los gritos de
voceadores de periódicos, vendedores de anones, mamon-
cillos y caimitos, y loteros enloquecidos por el alcohol consumido sin parar en los dos últimos días de jolgorio, que
me dirigí apresuradamente a los servicios del terminal
con la absurda idea de encontrar un oasis, un lugar tranquilo en donde poder poner en orden mis recuerdos.

El contacto de mis pies descalzos con la losa húmeda del suelo me produjo escalofríos: por el granito mugriento corrían arroyuelos turbios que se originaban en las paredes detrás de los lavamanos y orinales, salpicados aquí y allá de asimétricos islotes de emplastos blancuzcos de desconocido origen. Un sudor frío me recorría ahora el cuerpo y sólo tuve tiempo de acercarme a un orinal cuando sentí un vacío en el estómago, luego un vuelco y un regreso apresurado de ácidos hacia el esófago que desembocaban sin aviso por la boca, regurgitando un líquido viscoso y amarillento que fluía una y otra vez en marejadas incontenibles inundando los cubos de hielo amontonados en los desagües; al doblarme en convulsiones sobre ellos, un olor nauseabundo entreverado de amoníaco me picó las entrañas como cola de escorpión haciéndome boquear en busca del oxígeno que parecía enemistarse con mis bronquios: los primeros torrentes viscerales quedaban ahora convertidos en meros arroyuelos espectrales que me bajaban con languidez por las comisuras de los labios. Esforzándome por encontrar el aire, incorporándome con dificultad corrí tambaleante hasta las ventanas de calados gigantescos y aspiré a bocanadas la brisa mezquina que veleteaba en ellos: acre, polvoriento, mustio, el golpe salobre del mar cercano me devolvió a la vida asquerosa de un orinal porteño.

¿Quién era ése que ahora me interrogaba con sus ojos acuosos desde el fondo del espejo? ¿Era yo ese Jorge Miguel Lozano sucio de vómitos, manchado de sangre, con el rostro demacrado? Yo, quien sólo hasta ayer tenía un porvenir brillante sino fuera por sus muertes, por sus absurdas muertes truculentas siguiéndome los pasos. Allí estaban de nuevo los cadáveres, en igual posición a como habían quedado, esparcidos por el suelo y clamando venganza en su silencio eterno e irreversible. Cerré los ojos desechando voluntariamente sus fantasmas y los volví a abrir echándome borbotones de agua fría por el rostro, enjuagándome la boca, limpiándome los rastros sanguinolentos de mi cuerpo tibio y sudoroso. Al delatarme, la camisa ya de nada me servía y por eso la tiré al basurero. Me eché un trago de aguardiente para quitarme con gárgaras el sabor amargo de mis vómitos, y me dirigí al terminal a comprar el pasaje que me ayudara a escapar de este infierno cuanto antes.

El sol se hallaba a medio camino del meridiano y el cielo plomizo parecía un mapa de palomas. Una brisa arrastraba los confetis y desperdicios que se encontraban desperdigados por la carretera.

Dándome otro trago, me acerqué a la chaza de un negro colosal y le compré unas sandalias, una mochila y la única camiseta que le sobraba: «Estas ganas de vivir me están matando». Su rostro, repleto de maicena empegostada por su sudor copioso, parecía una calavera mexicana del Día de los Muertos. Me brindó una sonrisa de blanquísimos dientes en donde aparecían destellos intermitentes. Hasta mí llegó su vaho que arrastraba olores fermentados de licor, cebolla y ajos. Sin esperar a que me diera el vuelto, me alejé tambaleante por la carretera, escuchando a mis espaldas la carcajada estentórea del negro, boga adolescente, anunciando el torbellino de la fiesta. El calor inmisericorde golpeó el asfalto que se reflejaba abrasante sobre los cuerpos semidesnudos de los comensales. «Estas ganas de vivir me están matando», repetía con sorna y su voz se perdió en el eco de las bóvedas del terminal frío y húmedo.

¿Cómo describir el desorden serpentino de los acontecimientos? ¿Acaso el teléfono princesa descolgado ante un inútil intento de salvarse, de salvarme, de ofrecerme como chivo expiatorio? Había que huir de la ciudad, alejarme centrífuga por los lodazales de la fiesta y encontrar una mano amiga, el punto exacto de la comprensión lúcida, el despertar insólito de los tremedales angustiosos de un posible homicidio. ¿Era yo en verdad el asesino?

Los autobuses estaban repletos de parranderos insaciables que bebían la última gota de licor con tal de gozar el fiestón hasta el último momento; en las ciudades y pueblos cercanos les esperaba la misma rutina los trescientos sesenta y un días del año: esta fuga ritual validaba sus vidas moteadas de abandono. No habría posible escapatoria hasta pasadas las dos de la tarde.

Entonces recordé y vi las luces resplandecientes que perforaban injuriosas los pinos y abedules del cementerio cercano.

Comencé a ascender la penosa colina arrastrando el saco de memoria, aguijoneado por los sorbos de aguardiente. El sol estaba en su cenit, acuchillado por cirros y túmulos que se regodeaban en sus rumbos peregrinos. Graznidos de gaviotas se repetían como ecos y de pronto percibí el aroma cerrero del mar que atravesaba presuroso a mi encuentro, con un dejo de dulcamara retándome en el silencio sincopado por los ladridos de los cancerberos. Allí estaban en la puerta del campo santo, aherrojados al cancel, furibundos con sus colmillos filudos espantando a los desprevenidos que se atrevieran a acercarse.

El rumor de la turbamulta el día del desastre, mientras yacían los cuerpos ensangrentados en la casa solariega, uno a uno me fueron acosando. ¿Por qué insistían en perseguirme como furias vengativas? ¿Acaso no sabían que no pude evitarlo? ¿Cómo confrontar el cuerpo inerte de Lucas tendido en el corredor, al lado del sillón, cerca a la mesa del teléfono princesa ensangrentado? No sabría hoy qué responderle. ¿Cómo justificar su cráneo hundido, su masa encefálica repartida por el techo y las paredes? Estaba yo vivo de milagro.

Haciendo caso omiso de sus ladridos infernales, me adentré con paso decidido por los senderos adoquinados que conducían a las tumbas. ¿Qué esperaba encontrar en medio de los sauces llorones? ¿Perdón? ¿Tal vez silencio? Era inútil tratar de conservar la ecuanimidad ante tanto apremio, tanta romería ebria profanando los mausoleos importados.

Olvidar, es necesario que olvide. Jueces y fiscales me atosigan con sus preguntas capciosas, sus insinuaciones inmundas. Pero todo en este sitio desafía la altivez de sus visitantes con sus estruendosas carcajadas, sus voces altisonantes: la tranquilidad apacible de los pinos mecidos por la brisa marina que ahora está más próxima augura un encuentro ingenuo, tal vez paz, finalmente. E imponente se ofrece el mar tranquilo desde la cumbre de esta colina bañada por su yodo, arrullada por las palomas que se posan a mi lado sin temor, como viejas conocidas. La mirada marina pide justicia en la luz serena que se filtra *pensierosa* por las axilas y hace el amor con los cuerpos inertes aunque palpitantes.

Al tornar la mirada hacia el campo santo, observo los rayos del sol reverberando sobre sus losas blancas. Contrastadas por las sombras temblorosas de los abedules, el rebaño de tumbas parece detenerse en el pastoreo del océano que me invita a los sueños del olvido.

Vida y muerte en conjunción hiperbólica parecen congelarse en la totalidad marina. Morir, vivir, descansar. Todo me ayuda. Pero no. El cielo se encapota y el mar se pica, embravecido, forjando en crestas platerescas la angustia de la incertidumbre, de saberme homicida, de volverme presa de sabuesos, de podredumbre e inmundicias. Los huesos de los muertos se juntan en la arcilla de la arena y las raíces de los árboles se enroscan en la extensión terráquea como un pulpo neurótico luchando en las profundidades acuáticas.

No estoy cautivo, el ancho mundo se me ofrece como una prostituta. Las brisas azotan ahora las plúmbeas curvaturas del océano, el sol se oculta irremediablemente y del cielo se desploma un aguacero torrencial. Los asistentes al único sepelio permanecen impertérritos en sus lugares cultivando su dolor; sólo los danzantes de la muerte, enmaicenados y beodos, inician un éxodo fantasmal: giran, saltan, bailan, despotrican y gritan agarrados de las manos para desaparecer luego en la glorieta del terminal.

Disipada ya la luz, oculto el mar y fugadas las palomas, ahora bebo en la oscuridad mientras observo mi cuerpo humedecerse y siento cuando el último deudo se aleja envuelto en una gabardina de color indefinible, chapoteando con seguridad mi incertidumbre, mis deseos intangibles de comprender la huída.

Vedados de Ilusiones

Era preciso llorar la mayor parte del tiempo si se quería conseguir algo de mi papá. Pero sólo un llanto ligero que le ablandara el corazón en cosa de segundos para terminar saliéndome con la mía. Él no era rencoroso, no. Si cogía una rabia conmigo, con mi mamá o con alguno de mis hermanos, al poco rato ya lo había olvidado. Aunque es cierto que peleaba mucho a la hora del almuerzo... sobre todo con mi mamá. Y entonces, como si un reloj despertador empezara a repicar la alarma, mi papá se levantaba de la mesa, se sacaba las llaves del bolsillo y se dirigía apresuradamente a la puerta de la calle. Con las mismas me levantaba yo corriendo, sabiendo de antemano el final de la partida. Le agarraba de la mano y le decía: «Yo voy», e invariablemente él me respondía que no, y yo le volvía a insistir hasta que él terminaba aceptándome como compañero de travesía. Nos montábamos en el carro y nos íbamos a almorzar a un restaurante.

Para lograr que este ciclo se repitiese a menudo, mi papá insistía a la hora del almuerzo que la carne estaba dura. Naturalmente la culpa se la echaba a Carmela, la cocinera de tantos años, quien se mataba tratando de que la carne siempre estuviere blanda: no le servían de nada ni los mazazos ni las especias estrambóticas que mi mamá le conseguía para ablandarla. Mi mamá nunca metía un dedo en la cocina. Tal vez fuera esto lo que a mi papá le molestaba o quizá fuera una excusa que él utilizaba para satisfacer sus ansias de gourmet. Lo cierto es que él y yo siempre terminábamos almorzando en los mejores restaurantes. No había uno solo en Barranquilla donde no nos conocieran.

Mi papá sólo me pegó una sola vez en mi vida y fue tan extraño para mí que hoy no recuerdo cuál fue el motivo. Me inclino a pensar que fue por una de las tantas rabietas mías pero que esta vez, para variar, mi mamá le montó una pilandera instigándole a que fuera él quien, en esta oportunidad, me «entrara en cintura». En su ira sagrada se le ponía la cara más roja de lo que normalmente la tenía. Pero al poco tiempo se le bajaba la rabia, o se iba para la calle. Aunque siempre escuché anécdotas famosas según las cuales mi papá les propinaba tamañas cuerizas a mis hermanos mayores (algunas veces en público, según mi mamá, y hasta enfrente de sus novias), conmigo fue siempre diferente. Tal vez porque cuando me engendró él tenía cincuenta y tres años y yo nací cuando ya nadie me esperaba. De modo que siempre le conocí viejo. Tanto así que mis condiscípulos pensaban que él era mi abuelo y con su pelo canoso en verdad lo parecía. De todas maneras, no había cosa que más le sacara de quicio que le gritaran viejo cuando un taxista atrevido se volaba una escuadra. «Viejo tenías que ser...», le decían, y mi papá, rojo como un ají, les gritaba cuatro barbaridades y arrancaba tan campante. El menor de mis hermanos me llevaba nueve años y mi infancia tuvo las características de hijo único con un padre-abuelo que me convirtió en su favorito.

Tanto me consintió mi papá que, en mi incipiente atracción por los deportes, me llenaba mi habitación con todos los aditamentos necesarios para practicar cada uno de ellos. A mí no era que me gustaran los deportes, no. Los había practicado casi todos sólo por capricho porque me gustaban los uniformes y toda la parafernalia. Las pelotas de baloncesto que un día le pedía con pasión delirante quedaban abandonadas el mes siguiente en un rincón de mi cuarto. Pecheras, bates, caretas de catcher, manillas, bolas, mesas de Ping-Pong—todos sufrían el mismo destino: acumular el inmisericorde polvo del olvido.

Un día me desperté con la ventolera de ser portero de fútbol y, raudo y veloz, me di a la tarea de convencer a mi papá de que esta vez la cosa sí era en serio. Primero me compró los tacos y la bola; luego, las rodilleras y un uniforme. Demás está decir que yo no tenía ni idea de cómo atajar el balón en una portería pero eso no me impidió buscar la satisfacción de mi capricho. Como de costumbre, a los pocos días de haber jugado varias veces con amigos del barrio llegué a la penosa conclusión de que no tenía ningún talento para este deporte y relegué todos los perendengues al cuarto de San Alejo.

Todo hubiera quedado de ese tamaño si Germán no hubiera decidido formar un equipo de fútbol para competir con los oncenos de los barrios aledaños.

Nos habíamos conocido desde siempre: emparentados políticamente, nos habíamos criado por las mismas calles y nuestras casas distaban una cuadra; asistíamos a las mismas fiestas de cumpleaños, compartíamos los mismos amigos, estudiamos la primaria en el mismo colegio, hicimos juntos la primera comunión, jugamos los mismos juegos y peleábamos por las mismas novias. Éramos amigos, es cierto, aunque nuestra amistad estaba nutrida por la competencia y los conflictos: una rivalidad establecida por nuestras dos familias. Si Germán ganó la carrera de triciclos en el Parque Surí Salcedo, yo me esforcé y gané la de la Avenida Trece de junio; si él me ganaba un ciento de canicas multicolores que mi papá me había comprado una semana antes en un barco europeo anclado en Cartagena de Indias, yo le robaba el amor de Marujita; si él me destrozaba todos mis trompos de guayacán con la punta afilada del suyo, yo sacaba mejores notas en todas las asignaturas del colegio. Ya en segundo de bachillerato y cuando ambos teníamos trece años, el antagonismo llegó a su punto cuando un día unos amigos del colegio me dijeron que Germán andaba diciendo que yo era del otro equipo: «el divino Carlitos» decían que me llamaba, acolitando así al jesuita cubano en el exilio. No volví a dirigirle la palabra y de eso hacía ya seis meses.

De manera que cuando me enteré de que estaba tratando de convencer a nuestros amigos comunes del barrio El Prado para crear un equipo de fútbol y del cual él sería el capitán y su portero, puse manos a la obra.

Según Richie, mi vecino de al lado, Germán había conseguido programar el primer encuentro con un equipo del barrio Boston para el sábado siguiente. Habían quedado en jugarlo en el Parque América y por eso habían estado practicando en las afueras del Estadio Municipal los fines de semana.

El bus número tres del colegio me dejó en la esquina de mi casa justo cuando las monjas del Lourdes entonaban el *Angelus*. Al disponerme a cruzar la calle, divisé el *station wagon* rojiblanco de mi papá que venía del Hotel El Prado y esperé que llegara hasta donde yo estaba para detenerle.

—Anda, súbete rápido—me dice sacando la mano y levantándola para indicarle a los automóviles que siguen a su camioneta su intención de cruzar a la derecha.

—¿De dónde vienes tan sonriente?

—¿A que no adivinas a quién acabo de venderle dos esmeraldas de Muzo en el hotel?

Además de fotógrafo, mi papá era un gran negociante de joyas.

—Ni idea. ¿A quién?

—A Sara García.

—¿La viejita de las películas?

—La misma. Está de paso por Barranquilla. En Cartagena han organizado un festival de cine y la invitaron.

—¿Y cómo te localizó?

—Andrés Soler le dio mi teléfono.

Soltero y a los veintiocho años, mi papá se había ido a vivir a México en busca de fortuna. Luego de haber sido empresario de toreros y amante de una viuda millonaria que le llenaba los dedos de sortijas de diamantes, se hizo amigo de los hermanos Soler y participó con ellos en varias revistas de variedades. Un día Andrés le presentó a una chica de diecisiete años aspirante a actriz, María Guadalupe Vélez de Villalobos, y con ella formó un espectáculo de bailes y canciones que presentaban en varios centros nocturnos de la capital. Cuando consiguieron un contrato para actuar en un *night club* de Hollywood no lo pensaron dos veces y tomaron el tren para California. Desgraciadamente, en Guadalajara le estaba esperando un cable de mi abuelo: «No quiero cómicos en mi familia». La chica continuó el viaje sola y en 1926 ya estaba en los cortos de Hal Roach, ahora conocida simplemente como Lupe Vélez. Esa carrera frustrada mi papá la sublimaba ahora actuando papeles estelares en obras organizadas por la «Sociedad de amigos del teatro» y vivía vicariamente los éxitos de sus viejos amigos cuando venían de paso por Barranquilla: María Félix, Libertad Lamarque, María Antonieta Pons, Agustín Lara,

Rosa Carmina, Juan Orol, Andrés, Fernando, Domingo y Julián Soler.

—Ha sido un gran día. Le vendí las esmeraldas por una fortuna—añadió, mientras estacionaba la camioneta frente a nuestra casa.

—Mi mamá se va a poner muy contenta.

—Hay que celebrarlo de alguna forma. Imagínate que cuando le dije a doña Sara que las que le habían vendido en Bogotá eran Chivor se metió tremendo susto porque pensó que eran falsas.

—¿No sabía la diferencia entre Muzo y Chivor?—le dije, ufanándome de mis conocimientos sobre las famosas minas aprendidos de él.

—Le prometí que la llevaría a ella, a Ofelia Montesco y a los hermanos de Anda a Cartagena.

—Yo voy—me apresuré a decirle, anticipando mentalmente el placer de compartir ese mundo misterioso y exótico de los artistas de cine.

—«Yovoy Rivadeneira» te dice tu hermano Andy porque siempre quieres ir a todas partes.

—La envidia que lo mata—le dije con una gran carcajada.

Una vez que traspasamos el umbral del restaurante «El deportivo», provisto de una temperatura glacial, dejamos atrás el calor africano del mediodía. «Buenas tardes, don Mario», saluda el gerente a mi papá mientras le estrecha la mano derecha y con la izquierda me despeina amigablemente. «Cocteles de ostras, Carlitos», me propone sonriente este señor gordo y moreno, mientras nos acompaña hasta la mesa del rincón—con manteles blancos inmaculados y recién planchados, situada debajo del acondicionador de aire—¡mi favorita!

Fogueándose para el mundial de fútbol, hacía ya un mes que la Selección Colombia había jugado un partido amistoso con el Junior en el Estadio Municipal. El encuentro fue un desastre para la selección y al famoso portero, el Caimán Sánchez, cada vez que lo goleaban (y fueron varias) los hinchas le gritaban decepcionados: «Lo que sirve es pa' marica», por sus redondas y protuberantes nalgas ajustadas a la pantaloneta del equipo. Al parecer, la única esperanza de la selección estaba cifrada en Marcos Coll.

—Oye, papá.

—Qué pasa—me dice levantando los ojos del periódico.

—¿Por qué no consigues que me presten el estadio para jugar con mi equipo?

En esos precisos instantes acababa de concebir la estratagema para robarle los jugadores a Germán.

—Qué equipo ni que ocho cuartos. Hace más de dos semanas que no te veo practicando.

En efecto, los fines de semana me la pasaba observando a Germán sirviéndole de arquero a mis amigos.

—Ya te dije que esta vez sí es en serio—le contesto rápidamente poniendo cara de circunstancia. —Voy a probarle a Germán que soy mejor portero que él.

—La práctica hace al maestro—entona didácticamente.

—Ya verás que no te defraudaré.

—Veré lo que puedo hacer...

El camarero nos sirve sendos cocteles de ostras suculentas.

—Pero no te prometo nada. Si el gerente de las Empresas Públicas Municipales me lo presta será para este mismo sábado porque tengo que llevar a doña Sara a

Cartagena al Primer Festival de Cine—me dice categóricamente y apachurra con saña el Lucky Strike en el diminuto cenicero de balines.

* * *

EN EL PRIMER RECREO de la mañana me le acerqué a Evaristo Rosales, el capitán del equipo del barrio Boston, y le fui pintando la maravillosa oportunidad que tendría de jugar en el Estadio Municipal, pateando la pelota sobre la misma gramilla que el Junior y la Selección Colombia, ponerse los uniformes en los mismos cuartos en donde hace un mes Marcos Coll lo había hecho, ver las graderías desde el centro de la cancha, vigilar la misma portería donde le habían metido cuatro goles al Caimán. «¿Y qué vas a hacer con Germán Dávila?», me pregunta con sigilo, como complotando un crimen. «No te preocupes. Ya convencí a los del Prado que me acepten de portero y capitán.» A Evaristo se le dibuja una sonrisa malévola y le arrebata la pelota de baloncesto a un gordito que trataba de repiquetearla inútilmente, corre hasta la canasta, la lanza con calibrada precisión tan sólo alzando los talones y guiñando el ojo derecho para enfocar mejor y el balón entra ahora líquido por el aro, tiembla brevemente en la cesta y cae al suelo de cemento de la cancha. «¡De película, cuadro!», me dice eufórico. «Cuenta con nosotros. Allí estaremos el sábado a las diez en punto.»

Y a las nueve de la mañana llego uniformado al Estadio Municipal de Barranquilla. Mis amigos ya están practicando en las afueras, completamente sudados a pesar de que el cielo está encapotado y que hace una brisita como de lluvia. Mi papá, ágil como un trapecista, se baja de la camioneta saludando a los vecinos quienes han venido a ver jugar a sus hijos, y se dirige silbando hasta las oficinas en donde el celador le entrega las llaves del cuarto de las duchas, y luego nos acompaña (en medio de un alborozo general sincopado por gritos, risas, cabezazos, pases de balón y empujones) hasta el gran portal de entrada al Municipal en donde el celador abre la cerradura con una llave gigantesca y desenrolla las largas cadenas semioxidadas que apercuellan las gruesas rejas del portal.

Pienso que ahora soy el más popular con mis amigos al ver que todos se me acercan sonrientes, dándome palmaditas en la espalda, estrechándome la mano, alzándome en vilo luego de haberme arrojado aparatosamente a atajar un tiro libre de Richie.

Mi papá se despide de todos pues debe irse a fotografiar un matrimonio y luego a recoger a doña Sara y a los demás artistas de su comitiva en el Hotel El Prado para irnos después en la camioneta a Cartagena.

Mi papá que sale por el portal y Evaristo Rosales que entra con su equipo, todos uniformados con sus camisetas rojiverdes y sus pantalonetas negras, saliendo disciplinadamente en fila india de los vestuarios, con caras de pocos amigos y las mandíbulas cuadradas. Siento entonces que las piernas me flaquean y sólo cuando Evaristo me estrecha la mano y me dice, «Buena ésa», y se sonríe, sólo entonces recobro el aplomo y me vuelvo a mi portería con la esperanza fantasiosa de brindar una mañana espectacular e inolvidable en el estadio.

Recuerdo a Marcos Coll y al Caimán Sánchez, y me imagino los gritos de una turba enloquecida por mi audacia y precisión con el balón vitoreándome estentóreamente hasta dejarnos sordos con sus gritos. Pero el corazón me da un vuelco cuando diviso a Germán Dávila entrando por la puerta grande, su figura larga y extremadamente delgada dibujando una silueta que se desplaza sinuosamente por la cancha, subiendo las graderías y saludando al vecindario en pleno, su cara cetrina y alargada por una tristeza muda pero palpable en sus ojos acuosos de ternero huérfano.

Todo sucede como si estuviera en las playas de Salgar y el mar me succionara de improviso en un acantilado que me devorara inmisericordemente con sus mandíbulas arenosas arrastrándome en el torbellino del océano, cuando uno tras otro los goles van entrando implacables por el arco, y un trueno retumba con su eco en medio de las paredes del estadio, y al alzar la vista veo a Germán Dávila en las graderías sonriéndose maquiavélicamente, redondeando su boca en un grito que se alarga interminablemente: «goooooooooooooooooool» que me salta las lágrimas sin darme cuenta, «goooooooooooooooooool», uno tras otro, «goooooooooooooooooool», resuenan por todas partes del estadio, «goooooooooooooooooool», cuatro goles a cero dejan a mi equipo en bancarrota.

Los rostros de mis amigos súbitamente se tornan hostiles. Germán Dávila baja dramáticamente por las escaleras de las graderías y desciende imperialmente sobre la gramilla de la cancha. Cuando los del equipo del barrio Boston se abrazan con furor celebrando nuestra derrota, Germán se interpone deteniendo a los jugadores de mi equipo que gritan «aguayuyo, aguayuyo, aguayuyo», tratando de desquitarse por mi mañana deslucida con palmazos propinados a mi cuero cabelludo.

—La culpa no sólo es de Carlos—intercede Germán, frenándoles la ira con las manos extendidas como un policía de tránsito. —Jugaron muy mal. Ni siquiera fueron capaces de meterle un gol al otro equipo.

Siento que se me baja la sangre y las palmas de las manos se me ponen sudorosas y frías. Un trueno vuelve a retumbar en el estadio, una brisa gélida se desplaza febril por la gramilla y del cielo se desploma un aguacero to-rrencial.

Todos corremos ahora a buscar refugio en las gra-derías.

—A propósito—me dice Germán, pasándome un brazo por el hombro. —Yo nunca dije que tú eras del otro equipo.

Desde las graderías de sombra no se pueden divisar ya las graderías de sol al otro lado de la cancha: las gotas enormes del aguacero se unen entre sí para formar una jungla de agua gris impenetrable. La gramilla de la cancha desaparece ahora bajo el diluvio que canibaliza la naturaleza circundante.

—¿Amigos?—dice Germán extendiéndome la mano.

—Amigos—le contesto, chocándosela.

El héroe del sur

Aquella mañana esplendorosa de junio, Nedjelko y yo nos dirigimos con resolución, aunque muertos de cansancio, a esperar el paso de la ansiada procesión.

Sofocado por la tos, la noche anterior no habíamos dejado de consumir cigarrillos y café en la oficina de Dragutin junto con los otros camaradas de la Unión. La desesperación en que vivíamos todos, despojados de nuestras tierras y sin prospectos luego de habernos mudado a la ciudad, sólo había encontrado un respiro de esperanza en las reuniones convocadas por el coronel. Pronto cumpliría veinte años y mi vida sólo veía centrada su esperanza en la unificación que nos devolviera tanto la libertad como la dignidad que nos había arrebatado el imperio.

Nedjelko se aseguró de tener a salvo la bomba en la mochila y nos perdimos en la multitud de traidores que vitoreaban desde las aceras la llegada del heredero. Sudando a borbotones, nos abrimos paso con sigilo, cuidándonos de no despertar sospechas. Allí venía ya sonriente con Sofía, ese pobre mequetrefe que sólo se constituía en un símbolo de la opresión maldita.

A pocos metros de distancia, Francisco Fernando me miró a los ojos y le sostuve la mirada por unos segundos que me parecieron siglos. Si la pequeña que estaba a mi lado no hubiera dejado caer el helado, tal vez mi figura cadavérica con ojeras de tantas noches de insomnio me hubiera delatado. En ese mismo instante Nedjelko extrae la bomba y la arroja con resolución a la carroza imperial, pero con tan mal tino que el taco rebota y cae debajo del coche que les sigue, explotando con gran estruendo. Sin embargo, Francisco Fernando y Sofía quedan indemnes.

El torbellino de gente arrastra a los espectadores y militares en todas las direcciones y aprovecho para escaparme y tender mi celada. En el hospital, el heredero llega con su esposa y el General Potiorek para visitar a los heridos. Pienso que es el momento perfecto para asesinar al colaboracionista junto con el indeseado. Entonces saco mi pistola y disparo. El general se aparta a tiempo y cae Sofía junto con su marido el archiduque. Por fin mi patria será libre.

Traigo de todo

Esa noche definitivamente tenía que verlo. Pablo sabía que era imprescindible que me lo presentara, que pudiera hablar con él para decirle todo lo que pensaba de su vida y de su música, de lo que había representado para mí durante estos últimos tres años de mi vida en Barranquilla. Sabía que había llegado ayer con Bobby, que el resto de la orquesta llegaría hoy directamente de Nueva York, que el Jardín Águila se había engalanado para recibirlos.

Esa mañana me había escapado de la facultad de medicina en Cartagena y me había venido en un expreso para asegurarme que llegaría a tiempo, de que no me lo perdería. Eran las tres de la tarde y, como si no fueran suficientes los carnavales que se avecinaban, ya habíamos comenzado a beber y fumar y tomar pastillas y a discutir a voz en cuello en mi cuarto, no importándonos que mi mamá estuviera en el segundo piso golpeando las baldosas con la sillita metálica de mi sobrina, pidiéndonos que nos calláramos, que por lo menos bajáramos la voz. Pero en vano. Uno tras otro venían los discos de boogaloo y jala jala y nos fajábamos a tirar pasos, a sudar a borbotones en el calor pegajoso de mi habitación en esa tarde de febrero.

A Nicky, Alejandro y Jimmy no les importaba que mañana fuera viernes ni que tuvieran clases a primera hora. La rumba que se aproximaba en el Águila no tenía precedentes y bien podían irse al diablo los jesuitas con sus admoniciones para asustar a los pendejos. En cuanto a Jimmy, pésimo alumno de un colegio público, los estudios le tenían sin cuidado. Por eso le pedimos a

Carmela que nos trajera un termo con café humeante y sin azúcar para que nos proporcionara cierto equilibrio ante tantos Quaaludes, aguardientes y varetas que nos habíamos metido, sabiendo que la noche aún era virgen.

Alejandro tenía diecisiete años y estaba en quinto año en el San José. Era moreno, alto y flaco, con nariz ganchuda y unos ojos que siempre se le veían pequeños pero que disparaban chispas como si se estuviera mordiendo la situación que fuera y le sacara punta con cinismo, aunque sin pronunciar palabra alguna. No hablaba mucho pero, cuando lo hacía, era para definir los parámetros de su amistad conmigo, donde aceptaba que yo fuera homosexual sin compartirlo. Tenía un tío que, según él, era intelectual y homosexual y a quien alguna vez el gobierno le había condecorado con la Cruz de Boyacá. Decía que en su casa había una biblioteca con más de tres mil volúmenes y lo cierto fue que un día se había presentado con *¿Qué es la literatura?* de Sartre porque yo se lo había pedido.

—Es mejor que nos apertrechemos—dijo. —Hay que ir a buscar vareta a casa de la niña Josefina en el Barrio Chino. ¿Tienen plata?

Yo estaba en segundo año de medicina en Cartagena y contaba con un poquito más de dinero que ellos porque me bandeaba dando funciones de magia en primeras comuniones, aunque en el momento no era mucha la que tuviera porque todavía faltaban como dos meses para la temporada de mayo. Les dije que tenía cien pesos que, en 1968, era algo más que suficiente.

—Eso no alcanza. Es mejor que compremos una onza y así nos rinde para todos.

—Pues vamos al centro y empeño mi anillo de grado. Lo más probable es que me den trescientos pesos porque es de puro oro de 18 quilates.

Jimmy dijo que él se las arreglaría por otro lado, pues debía encontrarse con su tío Iván para enrumbarse juntos en la caseta del Águila en lo de Richie. Tenía quince años, era bajito y bien hecho, con ojos almendrados, piel aceitunada y una sonrisa tan sincera que uno no podía negarle nada aunque lo que le pidiera fuera lo más descabellado de este mundo. Me había parecido muy bello en un tiempo, aunque nunca me había atrevido a caminarle ya que estudiábamos en el mismo colegio. Pero esa belleza salvaje que alguna vez me atrajo se había marchitado rápidamente pues era adicto a los barbitúricos. Casi siempre andaba con su tío Iván, quien sólo le llevaba dos años.

Nos despedimos de Jimmy en la terraza de mi casa, y Alejandro, Nicky y yo nos dispusimos a caminar hasta la setenta y dos para agarrar un taxi. Sin embargo, una brisa fresca se enredó en los pinos de la puerta y nos golpeó en la cara, reconcentrando de un golpe toda la borrachera, traba y pastora que habíamos reprimido a punta de agua fría, amoníaco y el café tinto de Carmela. Más borrachos de lo que estábamos conscientes, caminamos tambaleándonos hasta alcanzar la esquina de la cuarenta y nueve, siguiendo la caminata por el camellón de la setenta y dos, hablando a gritos, entusiasmados con la llegada inminente de la orquesta que tanta rumba había animado en nuestras vidas.

Pablo López Mendivil era el nuevo gerente de la Pepsi-Cola y le había conocido a su llegada de Venezuela cuando vino a asumir su cargo de administrador para toda la costa atlántica colombiana. Me lo había presentado Luciano Méndez Blanco, una loca encantadora que vivía enredada en toda la parafernalia de los abalorios, los maquillajes y la buena sociedad y quien afirmaba, con muchos aspavientos, que «López Mendivil era de lo más granado de la sociedad caraqueña». De todas formas, Pablo y yo nos hicimos buenos amigos aunque él fuera diez años mayor que yo, parrandeando incansablemente en sus apartamentos de Cartagena o Barranquilla, o recorriendo el trayecto que separaba a las dos ciudades en su descapotable rojo los fines de semana. Ahora se le había ocurrido la genial idea de traer por primera vez a Colombia a Richie Ray y Bobby Cruz para que se presentaran con su orquesta en los carnavales, promocionando de esta forma la Pepsi-Cola. Por consiguiente, como era de esperarse, esa noche todos estábamos invitados a una fiesta privada con los músicos en la caseta del Jardín Águila para dar comienzo a su estadía, la cual también incluiría presentaciones gratuitas en templetes al aire libre desperdigados por varios barrios de Barranquilla.

Cuando íbamos a la altura de la Heladería El Mediterráneo, en medio de la borrachera de pronto divisé a García Márquez sentado al frente, en el café del Hotel Alhambra, bebiendo cervezas con cuatro amigos.

Con mis diecinueve años acabados de cumplir y un poema publicado en el periódico local, sentía que estaba perdiendo el tiempo estudiando medicina. Le reconocí de inmediato porque su nombre y foto aparecían por esos días en todos los periódicos del país a raíz del éxito editorial en el extranjero de la recientemente publicada *Cien años de soledad*, novela que todavía no se podía conseguir en las librerías colombianas. Sin embargo, había leído *El coronel no tiene quien le escriba*, *La mala hora, La hojarasca* y *La mama grande*. De modo que cuando todas las mañanas me montaba en el bus para ir a la facultad y veía que una mujercita hazañosa se las tiraba de ir leyendo el que tal vez era el único ejemplar de esa novela en todo el país, la envidia me carcomía por dentro. La portada de Sudamericana era reconocible en cualquier parte por las fotos que le habían dado la vuelta al mundo hispánico: un galeón abandonado en medio de la selva.

—Espérenme un momento—les dije a mis amigos, toreé un carro que venía en sentido contrario y corrí hasta la mesa del Alhambra y sin ninguna vergüenza le pedí un autógrafo. Al ver el grado de borrachera en que estaba, se sonrió y me preguntó si tenía un libro para firmarlo. Le dije que no y entonces me sugirió que pasara al día siguiente por la Librería Nacional con uno de sus libros, que con mucho gusto me lo firmaría. Le contesté que tenía que irme para Cartagena ese lunes y que no me sería posible asistir. De modo que agarré una de las servilletas de la mesa y le rogué que me la firmara. Se me quedó mirando un instante y soltó una carcajada:

—¿Y quién crees que soy? ¿María Félix?

Me reí con él y me despedí porque ya Alejandro y Nicky me llamaban impacientes.

Rumbo al Paseo Bolívar en busca de una casa de empeño, analizamos la estrategia del día. Con el dinero que nos dieran por el anillo iríamos adonde la niña Josefina, una casa de citas situada a tres cuadras de la Cafetería Almendra Tropical que hacía las veces de caleta para los jíbaros, nos tomaríamos un par de frías en el Vietnam, regresaríamos a cambiarnos y nos encontraríamos esa noche con todo el combo en la rumba de Richie Ray y Bobby Cruz en el Jardín Águila.

Ya en el Vietnam a eso de las seis, nos encontramos con el negro Chamorro, un personaje siniestro corruptor de menores que todos nos habíamos topado de una u otra forma a los catorce años. Era un gordo pequeño y vulgar que vivía en Panamá, aparecía y desaparecía sin ningún aviso y nadie sabía con certeza a qué se dedicaba, si al tráfico de menores o al de drogas. No pudimos evitarlo y se nos pegó sin agüeros en la mesa.

—Ajá, chino, ¿cómo es el maní?—dijo Chamorro. A todos los muchachos les decía chino.

—Nada, viejo man—le respondió Alejandro—, calentando motores para la gran noche.

—No le digas nada—le interrumpí. —Es privada.

—Calma, viejo Carlos—dijo Julio Chamorro. —Me voy de aguante. No quiero que me inviten.

—Vamos a lo de Richie, viejo Julio. Tronco de viaje—dijo Nicky.

—¿Tienen cosa?—dijo Chamorro.

—Vamos al baño, viejo Julio—dijo Alejandro—, que aquí no se sabe quién es tira.

Al rato nos llegó el olor de marihuana y me metí al baño paranoico diciéndoles que pararan porque uno nunca sabe. El negro Chamorro que sale del Vietnam y yo que pago la cuenta apresurado para largarnos al carajo.

En la calle Murillo, mientras terminaba de fumarme la chicharra con Nicky, oigo que Alejandro nos grita que vienen tiras. Como sólo tenía dos meses que fumaba y no sabía cómo deshacerme de ella, la tiré al piso y nos fuimos caminando más deprisa, pero ya era demasiado tarde. El policía encubierto nos vino al encuentro cuando vio la chispa que golpeaba el pavimento y se agachó a recogerla.

—¿Conque burros, ah?

No había nada que hacer. Chamorro y Alejandro se habían esfumado. No teníamos nada encima porque la onza la llevaba Alejandro en los calzoncillos.

El policía quería que llamáramos a la casa y les pidiéramos dinero a nuestros padres, pero mientras trataba de convencernos de que lo hiciéramos, nos hizo caminar por toda la calle Murillo hasta el Permanente Sur donde nos reseñó en la portería con el secretario de turno.

Nos pusieron con otras treinta personas de la peor calaña en el patiecito del Permanente mientras decidían qué hacer con nosotros. Lo peor que podía suceder era la temida «remisión» a la Cárcel Municipal, que según Nicky, al parecer experto en este tipo de cosas, era lo que había que evitar a toda costa ya que era un camino sin regreso, con juez penal y pasada por el tétrico Patio Amarillo donde la virginidad de los adolescentes desaparecía como por encanto.

Nicky tenía dieciséis años, un cuerpo bien desarrollado aunque pequeño, unos ojos color de guarapo, una nariz aguileña y unos labios gruesos y sensuales como los de Sophia Loren. Nicky era el «malo» del barrio y aunque le tenía temor sentía por él una atracción irresistible. Nunca me había atrevido a decirle nada porque no sabía cómo iba a reaccionar.

Cuando comenzó a lloviznar en el patiecito del Permanente, nos metieron en un cuartucho asqueroso con paredes sin empañotar y nos tuvimos que sentar en el piso de tierra. Fue allí cuando descubrí que tenía unos muslos perfectamente formados que querían escapársele de la tela apretada de sus bluyines azul celeste. Creo que mis miradas furtivas le dijeron lo que yo no me atreví a confesarle.

Cuando llegó Alejandro con el Dr. Arredondo, un abogado de «ambiente» mayor que nosotros y compañero de algunas parrandas en La Ceiba, ya eran las siete y media de la noche. El Dr. Arredondo sabía «dónde ponían las garzas» y nos sacó de ese antro sin ningún inconveniente.

La borrachera y la traba se fueron al diablo con el susto que habíamos pasado, de modo que nos alejamos de allí cuanto antes. El Dr. Arredondo nos llevó en su carro y nos dejó en nuestras respectivas casas.

Y a las nueve de la noche me bajo del taxi y me encamino sin rodeos hacia la entrada del Jardín Águila donde diviso en la puerta al inconfundible Pablo López Mendivil con sus dos metros de estatura y luciendo una camisa hawaiana de espanto y brinco.

—Ajá, Pablo, ¿ya llegaron?

—La rumba está prendida pero nada que aparecen.

—Entonces llego a tiempo.

—Sí, sí, vale, pasa. Cónchale, creí que te había pasado algo.

—Un percance, pero ya está arreglado.

—En la mesa del fondo tienes tu puesto, junto a la tarima.

En eso se escucha una algarabía y la gente comienza a empujarse porque por ahí ya vienen Richie y Bobby con todas sus trompetas y la gente los sigue delirantes, gritándoles «¿Qué hubo, Richie?», «Bacano, Bobby», «Bienvenidos», «Que viva el boogaloo, Richie», y ellos encantados de la vida van estrechando manos y abrazando a todo el mundo, abriéndose paso por entre la multitud hasta llegar a la puerta del Águila, y Pablo me presenta a Richie, «Placer en conocerte», «Legal, cuadro», y Bobby viene de punta en blanco, sonriéndole a todo el mundo, y Richie con entero tornasolado y corbatín y zapatos negros puntiagudos y con sus cabellos ensortijados nos viene trayendo el ritmo, *brother*, hasta que por fin llegamos todos hasta el fondo y yo me siento en mi puesto, aunque no veo a Jimmy ni a Nicky ni a Iván ni a Alejandro por ningún lado, «se lo están perdiendo», pienso, y miro al fondo y no los encuentro, y ya se suben Richie y Bobby al escenario y se comienza a oír el lamento de trompetas que anuncia la entrada gloriosa de la voz de Bobby llena de matices que empieza a modular «Voy pa' Colombia», y el público se levanta enardecido, vitoreándoles, diciéndoles que son los mejores, que como ellos no hay otros, la verraquera, que son los reyes del jala jala, mi pana.

En medio de la estridencia de las trompetas se oyen dos disparos. Los sonidos de la orquesta desafinan, muriendo paulatinamente, y la voz de Bobby se detiene en seco. En el aire cargado de la caseta se oye un rumor contenido que se convierte en furia y de repente el público arremolinado comienza a desplazarse hacia las salidas. Cuando Pablo López Mendivil se sube a la tarima y comienza a dirigirse al público con su voz pausada tratando de calmar los ánimos, yo me encamino con pasos cada vez más veloces hacia la salida principal, llevado por un desasosiego que no logro definir, pidiendo excusas a medida que me abro paso, y desembocando finalmente por la puerta del Jardín Águila donde diviso a la policía enfrentada con un gentío que se desborda hasta la Avenida Olaya Herrera gritándoles improperios, preguntándoles por qué, que por qué tenían que haberlo hecho.

Cuando finalmente logro llegar hasta el centro del condumio comprendo que son Iván y Alejandro y Nicky los que están arrodillados hablándole a alguien que aún no logro ver, y cuando por fin caigo a su lado, empujado por la multitud que me arrincona, veo que es Jimmy, el quinceañero de la sonrisa eterna de piel aceitunada y naricilla encantadora, comprendo que es Jimmy, el mismísimo Jimmy el que está tirado en el suelo con un tremendo huraco en la mitad del pecho por donde le sale un río de sangre turbia, y que los párpados le tiemblan, que poco a poco se vuelven vidriosos sus ojos almendrados y que por las comisuras de los labios le va corriendo una saliva espesa y blanca e ininterrumpida que se mezcla con la tierra oscura. Le agarro las manos y se las siento tremendamente frías. Por último arroja por la boca un coágulo de sangre que nos pringa a todos, mientras observamos cómo se nos va yendo de a poquito, cómo el alma se le hace trizas en el instante mismo del adiós.

Literatura y revolución

Entrarás sin titubeos y mirarás al guardia en los ojos. Ya lo has hecho tantas veces, fingiendo interesarte en la biblioteca del líder. Nadie lo sospecha; piensan que eres un intelectual interesado en las teorías del arte y te has hecho amigo de la bibliotecaria a quien has deslumbrado con tus conocimientos de la literatura rusa.

Recuerdas tu infancia en el país de tu madre, tu adolescencia, la guerra civil, tus estudios en Moscú.

Todo ha sido planeado minuciosamente: Jótov, David y los camaradas te lo han repetido hasta la saciedad. Has recorrido tus pasos una y otra vez hasta cincelarlos en la cotidianidad.

Ahora dices buenos días y preguntas por él, sabiendo que a esas horas comienza su día escribiendo notas en su diario sobre su vida de revolucionario.

El guarda se sonríe contigo aunque insiste en inspeccionarte el cuerpo, buscando, acaso, tus armas secretas.

—Nunca se sabe, compañero.

—Es tu deber. Lo entiendo.

El sol golpea los almendros de un jardín encantado donde tu madre Caridad juega con tus rizos dorados.

La mañana está fresca con olor a azalea y tu locuacidad insólita convence a la bibliotecaria que debe tomar un descanso mientras tú te encargas de organizar los libros.

—Gracias, Ramón—te dice, disponiéndose a salir al patio.

—No te preocupes, Silvia, yo le subo el café.

Extraes el piolet del armario y sigilosamente subes las escaleras.

León se vuelve cuando siente tus pasos; sin titubear un segundo, le hundes en la cabeza el pico con violencia. Nunca te abandonarán sus gritos.

El volar no sólo es para los pájaros

Carlos Alberto Rivadeneira pensó que nunca había volado tan bien como hoy. Viendo desde lo alto los hermosos prados del Colegio de Lourdes llenos de rosas y gladiolos, sintió que por primera vez en su vida había logrado el pleno dominio de su capacidad de volar; subía y bajaba con tanta gracia y tanto aplomo que al principio le parecía un sueño convertido en realidad. Pero a medida que planeaba con una soltura inigualable, se convencía de que finalmente lo había conseguido.

Al frente estaba su casa, resplandeciente bajo los abrasantes rayos del sol barranquillero, con sus dos enormes pinos piñoneros en la puerta. Cada vez que ascendía en su vuelo, con sus brazos estirados hacia delante, sobrepasaba la altura de los pinos que en su infancia sólo podía comparar a los árboles descritos en *Pulgarcito*. «La constancia vence lo que la suerte no alcanza», pensó regocijado; desde pequeño había querido remontarse por los aires, pero al principio le parecía algo imposible de conquistar. «El volar es para los pájaros», le decía su mamá; él nunca la escuchó porque era testarudo y persistió en su empeño.

Recordó la primera vez que había sentido la necesidad de contrarrestar la gravedad: tenía cinco años y un modelo de planeador que su papá le había traído de los Estados Unidos se le fue por una ventana al mar. Carlos Alberto lo vio deslizarse hermosamente sobre la playa de Puerto Colombia pero, inesperadamente, el avión dio una curva en el aire arrastrado por una corriente alisia que lo hizo desaparecer primero por la ventana de la garita del rompeolas y, luego, en las espumas de las olas gigantescas del mar. Ese día se sintió con las manos atadas ante la imposibilidad de rescatarlo y decidió que tenía que aprender a volar.

Dieciséis años de angustias, golpes y chascos le habían costado; sin embargo, hoy, a los veintiún años de edad, se podía decir que Carlos Alberto Rivadeneira había logrado lo que Ícaro no pudo en el Helesponto tantos años atrás.

Súbitamente algo empezó a fallar. Carlos Alberto notó que comenzaba a perder el control cuando se lanzaba intrépido en curvas de ciento ochenta grados deseoso de aspirar el aroma de las rosas desde cerca; o ya no calculaba con tanta exactitud como al principio había creído era capaz o un desarreglo se instalaba imprevisiblemente en su organismo porque sintió, mientras planeaba sobre el rosal y aspiraba el aroma embriagante de los capullos en flor, que su carne era mordida inmisericordemente por las espinas que se asomaban en los tallos, diez centímetros más abajo de lo que él había calculado iba a ser su periplo volador.

Ascendió dificultosamente como cargando con un lastre que no era capaz de localizar; aspiró profundamente cuando vio que, a pesar de todo, había logrado llegar a una altitud nueva y desconocida que le brindaba una perspectiva insospechada de Barranquilla: los patios de sus amigos vecinos en donde había jugado muchas veces en su infancia; y el Río Magdalena, a la derecha, bordeado de una vegetación desmesurada que parecía multiplicarse ante sus ojos y que acompañaba al río hasta que éste desembocaba turbulento en el impetuoso y voraz Caribe unos kilómetros más allá. «Bocas de Ceniza», pensó, invadido de una nostalgia que lo arrastraba con fruición a los días ya remotos que le sabían a la pulpa exquisita del anón. La visión le duró un instante fuera del tiempo, un segundo suspenso en la altura, como el águila cernida que vence la gravedad y se detiene congelada antes de lanzarse sobre su presa. Primero sintió vértigo al descender velozmente por un túnel vacío que lo succionaba; se estabilizó una centena de metros más abajo durante varios segundos, pero ya el Mar Caribe y el Río Magdalena habían desaparecido del horizonte; luego sintió que sus fuerzas no le obedecían y todo se volvió borroso como la visión que se obtiene en las sillas voladoras del parque de atracciones; sintió deseos de vomitar y cerró los ojos para evitarlo, sabiendo que de todas maneras el choque era inminente; pensó que abajo su cuerpo quedaría destrozado por el impacto con la calle donde creció, justo al frente del colegio de su infancia y de la casa que lo vio nacer.

Las espinas de las rosas se le clavaron aviesas en las carnes; Carlos Alberto Rivadeneira empezó a sangrar.

Sintió como si llevara sobre la cabeza una piedra gigantesca que le impidiera salir a flote; los pies se movían desesperadamente en el denso lodo sanguinolento que los rodeaba dificultando sus movimientos; sintió que agudos chillidos le atravesaban los oídos procedentes de todas las direcciones. Trató de abrir los párpados pero los sintió pesados, como si intentara despertarse de un sueño provocado por barbitúricos. Finalmente los abrió.

Lo primero que vio fue el cielo raso bajo de su cuarto. De un salto se sentó sobre la cama y agarró el despertador de la mesa de noche: las doce y media del día. Los gritos de su madre peleando con Carmela, la sirvienta de la casa desde hacía treinta años, le habían despertado. Se sintió exhausto, como si el descanso de siete horas de sueño no hubiese sido suficiente para recuperar la energía invertida en otras tantas horas de estudio. Recordó aliviado que había terminado de preparar Teoría Económica I; el examen final sería a las once de la mañana del día siguiente. «Sólo tengo que darle un repaso antes de presentarme», pensó.

Cada vez que su madre peleaba con Carmela, Carlos Alberto se sentía incómodo: el corazón comenzaba a latirle aceleradamente, la frente y las manos a sudarle, la respiración a entrecortársele.

Carmela había empezado a trabajar para sus padres en otra casa cercana a donde ahora vivían. Cuando él nació, ella era la encargada de la limpieza de la nueva casa que habían adquirido: una de las varias criadas que en ese entonces trabajaban para sus padres. Pero a medida que los tiempos fueron cambiando, Carlos Alberto creciendo y la situación económica desmejorando, Carmela vino a convertirse en la única empleada que vivía con ellos y a ejercer los múltiples oficios que esa casa inmensa, ahora semejante a un castillo abandonado, requería.

Carmela tenía su habitación atiborrada de baúles de tiempos idos, láminas de artistas de cine y recortes de periódicos con fotos de la Támara Taumanova pegados en las paredes. Alambres de tender ropa atravesaban el cuarto en todas las direcciones y cuando, efectivamente, había vestidos extendidos, su dormitorio se convertía en un laberinto. Entrar en él era sumergirse en una tienda de gitanos, con el desorden y la magia acechando en cada meandro de los múltiples caminos artificiales.

Tantos años había vivido con los Rivadeneira que al final Carmela pasó a ser como un miembro más de la familia. Existía, por supuesto, la distancia insalvable de clase y raza (que por lo demás ella guardaba con sacrosanto respeto), pero no los secretos de familia. Luego que los hijos mayores se casaron o se marcharon a vivir a otras ciudades y países y que el padre murió de cáncer, el hogar de los Rivadeneira se redujo a la madre, la tía paterna y la sobrina de Carlos Alberto.

Carmela había visto los tiempos de esplendor, la diáspora y la decadencia de esta familia que la había empleado cuando aún era una adolescente, pero sintiéndose apegada tal vez por el amor que la costumbre de tantos años trae consigo, decidió permanecer. Los Rivadeneira asumieron las responsabilidades familiares de Carmela que se reducían a una madre anciana que vivía en Soledad. Carmela nunca se había casado ni tenido descendencia y depositó su amor de madre frustrada en Carlos Alberto y Mariana, la hija del primer matrimonio de la hermana de Carlos Alberto.

Carlos Alberto aún recordaba con horror las miles de humillaciones que le había hecho sufrir a Carmela cuando él era el niño consentido de la casa pero a medida que había ido creciendo, su respeto y amor por ella habían ido aumentando. Ahora, en Mariana, su antigua actitud empezaba a repetirse y esto le inquietaba. Carmela aceptaba los ultrajes pasivamente. Acaso la distancia y la perspectiva que había logrado Carlos Alberto en sus dos años de estadía en Nueva York le habían madurado un poco y hecho apreciar esa familia que dejó rezagada un día en Barranquilla. Cuando regresó para comenzar sus estudios de Economía y Finanzas en la Universidad del Atlántico, vino cargado de regalos para todos (incluyendo a Carmela) y con el firme propósito de reconciliarse con ellos, ese grupo que tanto odiaba y quería al mismo tiempo.

Los gritos de su madre desde el segundo piso le sacaron de su ensimismamiento. No había algo que más sacara de quicio a su madre que Carmela se pusiera de parte de él o de Mariana en su contra. Tener veintiún años y haber vivido fuera de la casa al parecer no eran suficientes razones para que su madre le considerara mayor o independiente: le seguía viendo como su hijo menor quien, gustárele o no, tenía que acatar sus órdenes mientras vivieran bajo el mismo techo.

Mariana, aunque era diez años menor que Carlos Alberto, despuntaba ya una personalidad propia insoportablemente precoz. Sus gustos habían sido órdenes (como los de Carlos Alberto, antes que ella) cuando su abuelo vivía, pero ahora su díscolo carácter se rebelaba a cada instante contra la rigurosa disciplina de su abuela y encontraba su único refugio y compañía en la figura gruesa y tierna de Carmela. Era más que su aya: era amiga, confidente y compañera de juegos. La imagen hierática de la abuela le inspiraba por el contrario respeto y algunas veces miedo.

Si Dolores, la madre de Carlos Alberto, fue en los mejores tiempos una mujer de temperamento fuerte por completo diferente al espíritu juguetón y a las aficiones artísticas y bohemias del marido y su familia, ahora, con la muerte de él (hacía cuatro años) el humor se le había amargado hasta el punto de la neurastenia. Si Carlos Alberto traía amigos a la casa, a duras penas les saludaba; si amanecía en bares de dudosa reputación, al día siguiente le armaba el plequepleque. Esencialmente se había convertido en una cantaletera crónica. «Si te quedas en la casa, te friega; si te quedas en la calle, *también* te friega. Definitivamente, yo no entiendo a la Niña Dolores», le decía Carmela.

Carlos Alberto sintió que el corazón le palpitaba con violencia: afuera continuaban discutiendo con voces cada vez más acaloradas. Cerró los párpados un momento considerando la posibilidad de salir del cuarto e intervenir en la discusión. Unos segundos después desistió de la idea. Su madre discutía con todos los de la casa por motivos injustificados o, cuando los tenía, los exageraba tanto que al final era imposible reconocer las causas originales.

Se acordó cuando decidió retirarse de segundo año de medicina. Había vivido en Cartagena de Indias en casa de su cuñado, pero nunca se había llegado a acostumbrar a la vida cartagenera: no se iba bien con el segundo esposo de su hermana; y había empezado Medicina porque no había carrera de filosofía y letras en las universidades de la costa y su madre no estaba en condiciones económicas para enviarle a estudiar en Bogotá. De la medicina a la literatura hay una distancia insalvable, pero habiendo sido excelente estudiante de anatomía en el bachillerato y aficionado a las teorías freudianas decidió que estudiaría psiquiatría. Sin embargo, para llegar allá tenía que cursar seis años de estudios de medicina general, además del internado y el año rural; estando en segundo año se dio cuenta que el camino era demasiado largo. Mientras lo otros estudiantes se dedicaban circunspectamente a disecar los cadáveres en las mesas del anfiteatro, Carlos Alberto se les acercaba (bisturí y pinza hemostática en mano) recitando:

Esta rosa fue testigo
de ése que si amor no fue
ningún otro amor sería.
Esta rosa fue testigo

de cuando te diste mía.
El día ya no lo sé.
Sí lo sé mas no lo digo.
Esta rosa fue testigo.

Una tarde de mayo devolvió las placas de histología al laboratorio, regresó al apartamento de su hermana en Bocagrande, empaquetó su ropa y sus libros y se fue para Barranquilla.

Su madre no le dirigió la palabra en seis meses. Tomaban todos los alimentos en la misma mesa, pero ella le ignoraba por completo. Fue entonces cuando Carlos Alberto comprendió el mecanismo que su madre utilizaba. Se acordó que cuando era niño su padre siempre le murmuraba al oído, luego de haber cometido lo que su madre consideraba una falta, que fuera a pedirle perdón a su mamá. Muchas veces pensó que él era quien tenía la razón, que su madre estaba equivocada, pero al final su padre le convencía de su «maldad» y de la necesidad de arrepentirse. Carlos Alberto decidió que ahora la cosa iba a ser diferente, que el chantaje sentimental tenía que terminar de una vez por todas. Resistió la guerra fría que su madre le impuso todos esos meses, al cabo de los cuales ella se dio por vencida: accedió a pagarle los estudios de francés, inglés y mecanografía, a sacarle el pasaporte y la visa de residente y a comprarle el tiquete para su viaje a Nueva York.

Cuando dos años más tarde regresó a Barranquilla, ella le dijo: «Nunca pensé que de mis hijos fueras tú el que volvería, pero me alegro de que lo hayas hecho». Aunque esa batalla la había ganado, la guerra estaba muy lejos de haber terminado.

Salir y defender a Carmela sería ponerse en guerra abierta con su madre. Carlos Alberto se levantó de la cama impulsivamente, abrió la puerta de su cuarto y gritó: «¿Hasta cuándo van a pelear?». Ambas se callaron.

Carlos Alberto se puso unos pantalones cortos y una camisilla y salió de su habitación. Recorrió el corredor que le separaba de la escalera que conducía a las alcobas de su madre y de su sobrina, del comedor de familia (o *pantry*, como lo llamaba su padre) y de la cocina en donde Carmela debía de estar preparando el almuerzo. Al pasar por la puerta de la escalera miró hacia arriba: su madre ya se había retirado.

—¿Qué es lo que pasa, Carmela? ¿Por qué están peleando?—preguntó cuando la vio frente a la estufa.

—Nada, Niño Carlos, no te preocupes—le dijo con la voz entrecortada por los silbidos de una respiración trabajosa.

—Algo tiene que haber pasado; me despertaron con los gritos.

—Lo de siempre, niño. *Gainas* de pelear y la busca a una—dijo poniéndose el índice sobre la sien y dándole vueltas como si fuera un destornillador. Carlos Alberto se sonrió.

—Carlos Alberto—gritó su madre desde el segundo piso. —¿Cuál es el cuento que te está metiendo Carmela?

—Ninguno, mamá—le contestó y miró a Carmela mientras se colocaba el índice en forma vertical sobre los labios.

—Nada, Niña Dolores—dijo Carmela. —Usted siempre buscando la pelea. Hasta que no la encuentra no está contenta.

—Habrase visto semejante atrevimiento—dijo su madre. —Ya estoy jarta, no te soporto más.

Carmela empezó a respirar más deprisa; su torso rotundo, a agitarse violentamente. Se llevó las manos al cuello, como si algo en la garganta le impidiera recibir el aire. Carlos Alberto la vio tambalear y se le acercó.

—¿Qué te pasa, Carmelita? ¿Qué te pasa?—le preguntó poniéndole ambas manos sobre los hombros y arrugó el entrecejo.

La piel morena de Carmela tenía ahora el tinte amarillo de los limones que han madurado demasiado; las ventanas de su nariz achatada se movían bruscamente; los párpados hinchados empezaron a cubrirle lentamente los ojos negros y vidriosos. Carmela se dobló y se fue de bruces; Carlos Alberto logró asirla, pero su cuerpo monumental arrastró consigo las carnes magras de Carlos Alberto en la caída.

—Corre, mamá, corre—gritó. —Carmela tiene un ataque, ayúdame.

Dolores bajó las escaleras precipitadamente y se asomó a la puerta de la cocina. Cuando les vio en el suelo, corrió y se agachó a ayudarles.

—¿Qué le pasó a Carmela, m'hijo?—le preguntó mientras le ayudaba a incorporarse.

—Tú tienes la culpa—le gritó y la boca se le torció en un rictus; los ojos los tenía brillantes y húmedos. —La cantaleta, la cantaleta, nunca paras.

—Pero yo qué iba a saber que... —dijo con la voz ahogada y la frase se le perdió en la garganta. Como volviendo en sí, añadió. —Hay que llamar a un médico enseguida.

Salió de la cocina apresuradamente, pero regresó segundos después con una colchoneta en las manos. La extendió en el suelo y entre los dos lograron acomodar el pesado cuerpo de Carmela sobre el colchón.

—Quédate con ella, por favor—le dijo su madre. —Voy a llamar a un médico.

Carmela continuaba con los ojos entrecerrados, inmóvil y pálida. Minutos más tarde comenzó a roncar casi inaudiblemente pero luego los ronquidos se volvieron paulatinamente recios y profundos; Carlos Alberto recordó los estertores de su perro salchicha y, negándose a sí mismo con un movimiento de cabeza cualquier premonición fatalista, comenzó a darle bofetadas a Carmela, tratando de reanimarla. Sin embargo, no hubo respuesta a sus llamadas.

Dolores se asomó a la puerta:

—Llamé a varios, pero no hay forma de localizar a ninguno—dijo, retorciéndose las manos. —Todos están en el estadio. ¡Es increíble! Tuve que llamar a tu tía Lydia y quedó en llamar al doctor Maury que vive cerca de donde ella se está pasando el día con Mariana. Dios quiera que lo encuentre.

Carmela dejó de resollar.

—Siquiera paró de roncar—dijo Carlos Alberto. —Ese sonido me tenía con los nervios de punta; a lo mejor ya se le pasó—. Pausó por un segundo y cambio de tono. —¡Tienen coraje los médicos! Se puede uno morir y ellos tan campantes viendo su maldito partido de fútbol.

El timbre de la puerta empezó a sonar insistentemente. Carlos Alberto se incorporó y corrió a abrirla.

—Ah, es usted doctor Maury, pensé que nunca vendría.

—¿Cómo estás? Lydia me llamó y aunque soy pediatra vine en cuanto pude. ¿Dónde está Carmelita?

—Sígame por aquí, doctor—dijo cerrando la puerta. —Creí que se moría.

Carlos Alberto y el doctor Maury cruzaron la sala, el comedor principal, el patio interior y la puerta batiente que conducía a la parte posterior de la casa.

—¿Cuánto hace que le dio el ataque?

—Hará como media hora. Le entraron unos ronquidos espantosos, pero por fortuna ya se le fueron.

—Media hora... jum... creo que ya es demasiado tarde.

—No, doctor, no es posible—dijo con la voz quebrada.

—No me diga eso, seguro que usted puede hacer algo. *Tiene* que salvarla.

—Cálmate, Carlos Alberto. Llévame a verla.

—Allí, doctor—le dijo, indicándole la puerta de la cocina.

Cuando entraron, su madre le estaba aplicando unas toallas en la frente.

—¿Qué hay, Dolores? ¿Cómo estás?

—Ayúdela, doctor, se lo ruego—le dijo poniéndose de pie sin prestarle atención a su saludo.

—Haré lo que esté en mis manos—le respondió, agachándose y colocando su maletín en el suelo. Le tomó el pulso por breves segundos y un chasquido se le escapó de los labios. Abrió el maletín, sacó un estetoscopio y se lo aplicó en diversas partes del torso. Acercó el oído al corazón. Luego le puso una mano sobre el pecho y empezó a golpearla con el puño libre. Finalmente sacó un espejo y se lo acercó a la nariz de Carmela; lo retiró y movió la cabeza negativamente al observarlo. Entonces guardó sus instrumentos y se puso de pie.

—Desgraciadamente ya no hay nada que hacer. Un infarto. Lo siento mucho.

—Imposible, doctor. Dígame que no es verdad—le suplicó Carlos Alberto. —Carmela, Carmelita—gritó, arro-

dillándose y abrazándola, su voz ahogándose en un so-
llozo. De pie junto a él, su madre le acarició los cabellos.

—¿Qué edad tenía?—preguntó el doctor.

—Cincuenta y cinco años—le contestó Dolores, reti-
rando la mano de la cabeza de Carlos Alberto como si la
hubiera puesto sobre una estufa; su voz sonaba absorta,
como si estuviera pensando en algo diferente de lo que
estaba diciendo. —La misma edad mía... qué extraño...
Carmela nunca estuvo enferma.

—La obesidad nunca es saludable—dijo el doctor.

Los recuerdos le vinieron atropelladamente. En la
resplandeciente claridad que se colaba por las ventanas,
Carlos Alberto vio imágenes momentáneas que volaban
de todas partes para construir un rompecabezas colosal,
como cuando su padre le mostraba las películas de la
familia en reversa: Carlos Alberto saliendo de la piscina
del Country Club, volando arqueado y planeando en
posición erecta sobre el trampolín; Carmela con su traje
de margaritas llevándole de la mano al colegio; Carmela
encendiéndole velas a la Taumanova en el nicho de su
cuarto; Carmela confidente de sus primeras escapadas
nocturnas; Carmela recibiendo el vestido que le había
traído de Nueva York y diciéndole, «Está muy bonito,
Niño Carlos, tan bonito que sólo me lo pondré para
pontificar»; Carmela con sus dedos llagados cubiertos de
trapitos para aliviar el ardor de tanta grasa lavada en
tantos años. Carlos Alberto sintió que ahora era infran-
queable la barrera que le separaba de su madre.

El murmullo de las voces repitiendo su nombre le sacó
de sus recuerdos.

—Carlos Alberto, Carlos Alberto—sonaba como un eco
la voz de su madre. —La velaremos aquí en la casa; hay
que avisarle a su familia—. Hizo una pausa para

cerciorarse que su hijo la había entendido. —¿Te sientes mal?

Carlos Alberto alzó la cabeza para mirarla; una lágrima le rodó por las mejillas y se depositó en la frente negra de Carmela: allí, prístina y brillante, parecía un diamante solitario.

—Haz lo que te dé la gana. Ya todo da lo mismo.

La encrucijada

—Quinientos seiscientos, Capitán—me dicen al otro lado de la línea, confirmándome que lo quieren muerto.

Entro al cuarto y lo veo tirado junto a la pared con las manos amarradas en la espalda, sucio, sangrando de una pierna, junto a dos cadáveres tirados por el suelo de tierra. Estoy más que seguro de que lo odio por su crueldad en La Cabaña, que he luchado contra ellos desde mi adolescencia; cuando recuerdo su arrogancia posando con los chinos y los soviéticos, luciendo su abrigo de invierno, siento que los ojos se me llenan de lágrimas. «Al fin te agarramos», pienso con rabia y alegría y entonces recuerdo las fotos que tomé de su diario en la agenda alemana con fotos entreveradas: un niño en triciclo, una fiesta, una niña en su cuna y un osito de peluche, y súbitamente desfallezco. «Pero si él es el culpable de todo», pienso con ira, procurando encontrar las fuerzas que se me van agotando. «Coño, muerto te he de ver. Y eso que todos pensábamos que lucharías hasta el final. Te dejaste agarrar, Papakanzal, papá cansado, comandante... »

—Lo menos que puede hacer es contestar, usted ha invadido a mi patria—le increpa Zenteno, pero él permanece en silencio.

—A mí nadie me interroga—es lo primero que me dice cuando quedamos a solas.

—Comandante, yo no he venido a interrogarlo—. No sé de dónde me ha salido la voz. —He venido porque quiero hablar con usted—. Y él se me queda mirando, como tratando de descifrar si le digo la verdad o si me estoy burlando. Cuando me ve serio, me pregunta si se puede sentar y me pide que le quite las amarras. Llamo a un soldado y entre los dos lo ayudamos a sentarse en un banco. Todo lo que le pregunto me lo contesta con eva-sivas y una sonrisa socarrona.

—Ya sabe que no le puedo contestar eso.

Y de pronto me espeta:

—Tú no eres boliviano.

—¿Y de dónde cree que sea, comandante?

—Eres cubano por mucho que trates de disfrazarlo y yo no hablo con traidores.

Si supiera mi nombre sabría que mi tío era ministro de Batista, pero me quedo callado. Le pide al soldado picadura prometiéndole regalarle la pipa. Terán le entre-ga dos cigarrillos y los deshace al instante. Prende la pipa y aspira. Yo sabía que los bolivianos lo iban a matar, que tenía que morir ese día y ni yo ni nadie podríamos detener la historia. Saco mi Pentax 35 y su sonrisa se vuelve una mueca de burla. En el otro cuarto hay un disparo y se escucha la sordina de un cuerpo desplo-mándose sobre el suelo. «Quinientos seiscientos.» Pongo la velocidad en 2.000 y tiro la foto.

—Mi capitán, ¿cuándo lo van a matar?—pregunta la maestra; la noticia de su muerte ya la difunden por todas partes antes de tiempo.

—Es mejor así. Díganle a Fidel que pronto habrá una revolución triunfante en América—. Se le olvida que está herido, se levanta y camina sin cojear. —Y que mi mujer se vuelva a casar, que trate de ser feliz.

—Vengo a hablar contigo—le dice Terán.

—Quiero que sepas que vas a matar a un hombre.

El chaparro le dispara y el cuerpo del Che se des-ploma contra el lodo. Le han quedado los ojos abiertos.

Afuera se escucha el ruido ensordecedor del helicóptero.

Confusas alarmas

A Braulio De Castro

Beauty is a terrible and awful thing! It never has and never can be fathomed, for God sets us nothing but riddles...what the intellect regards as shameful often appears splendidly beautiful to the heart. Is there beauty in Sodom? Believe me, most men find their beauty in Sodom. Did you know this secret?

—*Dostoyevsky*, The Brothers Karamazov

*Ah, love, let us be true
To one another! For the world, which seems
To lie before us like a land of dreams,
So various, so beautiful, so new
Hath really neither joy, nor love, nor light,
Nor certitude, nor peace, nor help for pain;
And we are here as on a darkling plain
Swept with confused alarms of struggle and flight,
Where ignorant armies clash by night.*

—*Mathew Arnold, "Dover Beach"*

Carlos Alberto Rivadeneira nunca se imaginó que su relación con Mauricio habría de deteriorarse de esta forma. Mientras aspiraba el raquítico cigarrillo de marihuana, dejó que sus ojos fatigados recorrieran el apartamento en donde ahora se encontraba con su amante. Arrellanado en el sofá observó cómo las diversas parejas bailaban restregándose los sexos al compás de una balada brasileña de Roberto Carlos. En un rincón oscuro, otros inhalaban nitrito de amilo. Carlos Alberto presintió que hoy, como de costumbre, todo acabaría en una orgía.

«¿Pero qué puedo hacer?», pensó. Ya era demasiado tarde. No era que no sintiera nada por Mauricio: tal vez la atracción sexual y un sentimiento que ya no era amor, sino más bien costumbre. Pero aquella alegría que le invadía en las mañanas cuando anticipaba mentalmente sus encuentros, ese palpitar acelerado del corazón cuando el teléfono sonaba y él corría a contestarlo, le habían abandonado por completo. «¿Qué había sucedido?», se preguntó mecánicamente; intuitivamente sabía que todo había comenzado a marchar mal hacía seis meses cuando vinieron a una fiesta a este mismo sitio. Aquella noche terminó en una orgía provocada por sus anfitriones, Julio y Jaime.

Mientras apagaba el cigarrillo de marihuana en el cenicero de cristal de Murano que estaba en la mesa frente al sofá, Carlos Alberto se preguntó si tendría el coraje de impedir el desenfreno promiscuo que estaba destrozando sus relaciones amorosas. Después de todo tenían dos años de conocerse y, aunque no había sido fácil, habían logrado establecer una relación en la cual las limitaciones sexuales habían sido superadas por completo; habían compartido asimismo momentos de felicidad pasajera en vacaciones pasadas en el exterior y en los instantes íntimos cuando una caricia hacía estremecer el cuerpo. Paulatinamente, el amor había crecido entre ellos. «Tal vez fue culpa mía», pensó malhumorado, mientras se echaba hacia atrás los rizos castaños que le caían en la frente. Pero qué otra alternativa le quedaba sino ser consecuente con sus propias teorías de liberación sexual.

Pensó mandarlo todo al diablo en el momento mismo cuando Julio y Jaime les empujaron a la cama, pero su orgullo le detuvo en esa ocasión y en todas las que le siguieron: no quería dejarles ver que estaba celoso. O tal vez era la propia inmadurez de ambos; a los veintidós años no sabían exactamente lo que querían. Aunque él había tenido una vasta experiencia sexual con muchos amantes transitorios que se remontaban a sus dieciséis años, nunca había pensado seriamente en serle fiel a nadie. Con Mauricio la cuestión era diferente; aunque tenía su misma edad, su experiencia era nula hasta el momento cuando se conocieron. Tal vez por eso Mauricio sentía con más fuerza esa llamada al desenfreno.

«¿Qué debo hacer?», se preguntó exasperado. Prendió un cigarrillo Newport y aspiró profundamente como si estuviese fumando marihuana. Colocó el cigarrillo en el cenicero y apuró de un trago la copa de Scotch que encontró sobre la mesa. Su rostro infantil, excesivamente blanco, se arrugó en una mueca. Cuando abrió los ojos se dio cuenta que Mauricio, Julio y Jaime bailaban sin camisas en el centro de la sala. Los amplificadores reproducían estruendosamente «*Boogie, Woogie, Bugle Boy*» por Bette Midler, en una atmósfera recargada de humo y con escasa iluminación. Volvió a cerrar los ojos, ofuscado. Consideró por un momento levantarse y separarles a la fuerza, pero sonrió mostrando sus dientes perfectos; sabía muy bien que detestaba la violencia y que ésa no era una solución. En cambio, tomó el cigarrillo y lo aspiró; las cenizas acumuladas en el extremo le rodaron por los pantalones blancos de marinero. Los limpió con la palma de la mano, malhumorado. Se sintió exhausto, como si hubiese caminado toda la noche; sin embargo, reunió todas las fuerzas de las que fue capaz y se incorporó.

Creyendo por breves instantes que iba a perder el equilibrio, se sujetó del espaldar del sofá. Cuando recobró la serenidad, agarró la copa vacía de la mesa y se dispuso a servirse un trago en la cocina. Caminó tratando de disimular su estado de embriaguez; su figura, alta y delgada, comenzó a atravesar la sala. Cuando estaba en su centro, Jaime trató de detenerle mientras le ofrecía nitrito de amilo en un inhalador. Carlos Alberto le apartó la mano cortésmente y desapareció por la puerta batiente de la cocina.

Se sirvió una copa doble de Chivas Regal con hielo. Sacó el paquete de Newport del bolsillo de su camisa de estameña blanca y encendió un cigarrillo. Tomó un cubo de queso Roquefort de una bandeja de picadas que encontró en un estante de vidrio y, mientras se lo colocaba entre sus labios rojos y carnosos, pensó impulsivamente que esa noche tenía que tomar una decisión. Tal vez Saulo podría ayudarle a convencer a Mauricio de que se fueran a «Baco». Sí, Saulo era el más indicado. Después de todo Saulo era su mejor amigo. Se habían conocido cinco años antes en la facultad de medicina. Carlos Alberto se retiró en el segundo año y se fue a vivir por un tiempo a los Estados Unidos, pero habían mantenido una afiebrada correspondencia en donde le contaba sus aventuras neoyorquinas. Cuando regresó a Barranquilla, Saulo le estaba esperando en el aeropuerto con un grupo de amigos. Tenían los mismos intereses: «la literatura, el cine, los idiomas, las artes plásticas... y los hombres», pensó divertido. Tomó la copa y cuando se disponía a salir de la cocina la puerta batiente se abrió de par en par. Era Saulo vestido con un kaftán blanco de arabescos variopintos.

—¿Qué te acontece, querido Carlos Alberto?—le dijo sonriente. Aunque nunca había viajado al exterior, tenía una vasta cultura libresca. De vez en cuando decía, parte en broma y parte en serio, frases y palabras obsoletas.

—Nada... lo de siempre. Esta noche habrá una orgía, para variar—dijo irónicamente. —Ya la veo venir; está en el aire—agregó, levemente molesto.

—Sí... ya están prácticamente desnudos—le dijo Saulo avergonzado, como si Mauricio fuese su amante.

—Sé perfectamente cómo te sientes, pero tú eres el único que puede solucionarlo de una vez por todas.

—Sí, ya lo sé. Como si fuera tan fácil. Pero tal vez tú puedas ayudarme. ¿Qué hora es?

Saulo miró su reloj.

—Son casi las doce. ¿Para qué soy bueno?

—Mira, ¿por qué no convences a Mauricio y a tu amigo... cómo es que se llama?

—Darío.

—Darío... ¿de que vayamos a «Baco»? Todavía es temprano. Ya no puedo *más* con este viaje. No, seriamente. No te rías. Ahora *sí* que es verdad. Ya no siento lo mismo. Pero supongo que también es culpa mía. Mi cobardía... si tuviera el coraje de decírselo... de pelear... yo no sé. Tal vez esta noche sea *la noche*. Pero tenemos que salir de aquí antes de que suceda lo peor. Ya no aguanto *más*.

—Cálmate—le dijo Saulo pasándole un brazo por el hombro. —Ya estás borracho y tienes una traba que no ves ni una. Vamos a la sala y déjamelo a mí.

—De acuerdo, pero ve tú primero. Ya salgo.

Saulo se sonrió y sus ojos verdes se llenaron de ternura. Le dio dos palmaditas en el hombro y salió de la cocina.

«¡Qué increíble que es este hombre!», pensó Carlos Alberto. «Todo en la vida sale torcido.» Se acordó de su primer encuentro con Saulo durante un concurso inter- colegial de declamación en quinto de bachillerato en donde Carlos Alberto se había llevado el primer puesto y luego le volvió a ver en el certamen de mejores bachilleres para el cual ambos habían sido seleccionados por sus respectivos colegios. En los breves momentos que habló con él le pareció supremamente inteligente y culto. A co- mienzos del año siguiente se encontraron en la capilla del hospital universitario el primer día de clases.

En Cartagena de Indias se sentían como extranjeros a pesar, o tal vez debido a eso, de estar situada a dos horas de distancia por carretera de Barranquilla. En los corredores de la universidad hablaban de literatura, de arte, de cine y, cuando no querían que les entendieran algunos compañeros depositarios de sus odios más profundos, soltaban parrafadas en francés, inglés o ita- liano. Todos los viernes, luego de asistir a la conferencia en el paraninfo con el escritor de turno, corrían hasta la estación de los autobuses «Brasilia» para tomar el expreso de las seis de la tarde. Barranquilla, estando tan cerca, no les permitió acostumbrarse a la vida cartagenera.

Pero en Barranquilla sólo hablaban por teléfono. Carlos Alberto participaba desde hacía tres años en el ambiente homosexual; sin embargo, Saulo, aunque era afeminado, nunca había tocado el tema. Ocasionalmente se encontraban en los «sociales dobles» cinematográficos de los domingos, pero su amistad hasta ese momento había sido completamente intelectual.

Un día, yendo hacia Barranquilla en un expreso de «Brasilia», Carlos Alberto le dijo de improviso que él era homosexual y que tenía un amante. Carlos Alberto esperaba una confesión y se lo dijo más que todo para provocarle. Su sorpresa fue mayor cuando Saulo, con grandes aspavientos de horror, se negó a creerle. «Pues te tocará creerme» le dijo; «Javier no es mi primer amante. Desde hace mucho tiempo dejé de engañarme. Yo sé lo que a mí me gusta.» A Saulo le parecía increíble lo que estaba oyendo. «Pero tú, tan masculino...» «Déjate de pendejadas», le interrumpió Carlos Alberto. «La homosexualidad no tiene nada que ver con el mariqueo. Tú mismo dices que no eres y, sin embargo, mariqueas más que cualquiera. Sí, tal vez inconscientemente, pero de eso es de lo que quiero que te des cuenta. Yo creo que todo tu bagaje religioso y el machismo te tienen ciego.» Saulo se sumió en un silencio que sólo lo rompió cuando se despidieron. Fue como si su amistad se hubiese resquebrajado.

Sin embargo, el lunes siguiente, Saulo se le acercó en los corredores de la facultad. «Tengo algo que confesarte», le dijo sin mirarle a los ojos. «Yo también soy homosexual... tengo miedo de aceptarlo.» Hizo una pausa y luego las palabras le salieron con dificultad y cascadas por la emoción: «Todo este tiempo... estoy enamorado de ti... tengo miedo». Los ojos castaños de Carlos Alberto se iluminaron con un brillo tan potente que fue como si el sol les hubiese prestado sus rayos por un momento. Se sonrió y le puso la mano en el hombro. «No hay que tener miedo, sino ser honesto consigo mismo», le dijo; «ya diste el primer paso. Lo demás vendrá por añadidura», agregó. Carlos Alberto sabía que no era capaz de amarle; físicamente no era su tipo de hombre: afeminado, débil, demasiado delgado; sólo sus ojos verdes salpicados de amarillo le daban cierta gracia al rostro. Así se lo dijo, sabiendo que al herirle le estaba rescatando: «Tú eres una persona excepcional, llena de talentos. Debemos seguir siendo amigos, no importa lo que pase». Saulo accedió, pero las arrugas que se le marcaron en los flancos de los labios le dijeron a Carlos Alberto que no iba a ser fácil.

Y en efecto no lo fue. Pero leyendo *L'Existentialisme et la sagesse populaire* de Simone de Beauvoir en un viaje a Barranquilla, encerrándose en los cubículos de las tiendas de discos para escuchar a Janis Joplin, los Beatles, Bob Dylan y los Rolling Stones, tarareando y cantando por las calles de Badillo las canciones premiadas en los festivales de San Remo, yendo a bares, fiestas y al cine club, sumergiéndose en las fiestas del agua, de noviembre y en los carnavales de Barranquilla, Carlos Alberto y Saulo descubrieron que la amistad era tan válida como el amor.

UNA BRISA HÚMEDA se coló con violencia por la ventana de la cocina. Carlos Alberto se estremeció: «La muerte chiquita», pensó, y fue como si se sintiera indefenso en un paraje desconocido. «Todo en esta vida sale torcido», repitió en voz alta. Pensó que si todo fuera más sencillo la belleza de Mauricio debería estar conjugada con la inteligencia e instrucción de Saulo. Le pareció que nada tenía sentido o, más bien, que todos acomodaban el significado que más les convenía, lo mismo que el jugador de póquer utiliza el comodín de acuerdo a las cartas que ha recogido de la mesa. Le pareció que todo se reducía a una búsqueda inútil porque la perspectiva cambia (como un caleidoscopio mutando sus figuras al girar) desplazando sus centros de interés a cada instante. Apagó el cigarrillo en el cenicero y volvió a rellenar la copa de Chivas Regal. Abrió la nevera y sacó tres cubos de hielo. Los puso en la copa, cerró el refrigerador y salió.

Cuando apareció al otro lado de la puerta batiente, Carlos Alberto vio que Saulo estaba hablando con Mauricio en un rincón. Julio, Jaime y otros amigos bailaban desenfrenadamente *«Son of a Preacher Man»* de Dusty Springfield. Sus cuerpos estaban sudorosos y la luz estroboscópica le daba a la atmósfera un carácter espectral. Carlos Alberto se acercó al gran ventanal que daba sobre el Bulevar del Sur. Desde el décimo piso, la perspectiva era extraña. El sudoeste no mostraba mucho: un conjunto uniforme de casas de uno o dos pisos que ascendían una colina al final del horizonte. Sólo se distinguía un castillo ruinoso en la distancia: *«Le château de Monsieur Bancelin»*, pensó. «El barrio Las Delicias», dijo en voz alta, y sorbió la copa de licor. Abajo, el Bulevar estaba desierto y los almendros del parque de la Escuela de Bellas Artes se movían agitados por el viento. Un rayo se dibujó en el cielo y segundos después, cuando el trueno retumbó moviendo levemente al ventanal, un aguacero se desplomó. Carlos Alberto sintió un escalofrío. «Estoy más solo que nunca», pensó con tristeza, y una delgada capa líquida le cubrió los ojos.

Se bebió la copa de un trago y la puso en el alféizar de la ventana. Se restregó los ojos y se dirigió hacia el rincón en donde estaban Mauricio y Saulo hablando.

Cuando estuvo cerca de ellos trató de sonreír, pero su rostro parecía una máscara cetrina: sus ojos vidriosos se veían suspendidos en el aire, como los de un lobo en una cueva tenebrosa.

—Entonces, ¿cómo es parada? ¿Vamos a «Baco»?—preguntó no muy seguro de sí mismo, pero fingiendo lo contrario en el tono de la voz.

—¿Para qué?—dijo Mauricio con voz ronca y temblorosa. —Aquí estamos bien—agregó. Sus ojos de un verde marino se veían ensombrecidos y dos profundas arrugas se le marcaron en la frente.

—Mauricio, no seas terco—dijo Carlos Alberto alzando la voz; la fingida sonrisa desapareció de su rostro. —En «Baco» podemos pasarla bien...

—¿Qué te pasa?—le interrumpió Mauricio. —No me vas a decir que estás celoso. Lo que te faltaba: después de vejez viruela...

—Vamos, Maucho—le interrumpió Carlos Alberto dulcemente. —Allá podemos discutirlo. Por favor—agregó en un tono de súplica.

—Sí. Tú todo lo resuelves con tu labia. Ir a «Baco» ¿para qué? Para hablar con tus amigos. ¡Qué jartera! Con razón Julio los llama «los intelectuales de la quinta cagá».

—Me importa un carajo lo que él diga—le interrumpió, alzando la voz. —Es mejor serlo que preocuparse por modelitos, sexo y drogas. Ya estoy jarto de tanta pendejada. ¿Vienes con nosotros o te quedas?

—Vamos, Mauricio—intervino Saulo. —Ponte la camisa y larguémonos de aquí antes de que sea demasiado tarde.

—Está bien. Sólo por ver qué es lo que tiene que decirme—dijo Mauricio sin mirar a Carlos Alberto, y se fue a la alcoba apresuradamente.

—Por lo menos accedió a venir—dijo Saulo. —En realidad, yo creo que las orgías empeoraron la situación, pero el problema es que ustedes a la larga no tienen nada en común. Ni siquiera el arte, porque Mauricio no toma a la arquitectura en serio.

—Tal vez tengas razón. Su estúpida frivolidad me saca de quicio.

—No hay mal que por bien no venga. *Cheer up, darling!*—dijo Saulo. —Darío viene con nosotros, pero no le dañes la noche con tus sarcasmos. Acuérdate que es tímido y que sólo salió al ruedo hace tres meses.

—Tranquilo. Llámalo.

Saulo le hizo una seña a un muchacho que estaba bailando solo en el centro de la pista. Éste se les acercó con pasos cansinos como si acabara de despertarse.

—Hola—dijo el muchacho tímidamente, mirando de reojo a Carlos Alberto. Su cuerpo alto, moreno y desgarbado, que hasta ese momento había pasado desapercibido por Carlos Alberto, se hizo visible cuando sonrió: sus dientes pequeños y blancos, perfectamente recortados, le prestaban una gracia que parecía ocultar con avaricia cuando estaba serio. Debía de tener dieciocho años; Carlos Alberto recordó que Saulo le había dicho que estudiaba psicología industrial.

—De manera que éste es el famoso Darío, incansable lector de Nietzsche—dijo Carlos Alberto recordando lo que Saulo le había contado.

—Puro plante—dijo Darío sonriéndose—. Siempre cargaba *Así hablaba Zaratustra* debajo del brazo cuando iba a la playa, pero nunca lo leí.

—Tal vez sea mejor que comiences con *Crimen y castigo* de Dostoievski. El superhombre de Nietzsche viene directamente de Raskolnikov—le dijo Carlos Alberto. —A lo mejor después de leerlo *Zaratustra* se te haga más agradable.

—Darío detesta todo análisis psicológico decimonónico—dijo Saulo con sorna. —En especial a los freudianos como tú. Él predica el nuevo evangelio de Skinner.

Carlos Alberto notó que Mauricio había regresado ya del cuarto con la camisa puesta y que hablaba ahora con Julio y Jaime.

—Creo que debemos despedirnos—dijo. —Nuestros sátiros amigos puede que no se rindan fácilmente— añadió con rencor. —Después me cuentas todas tus teorías skinnerianas, Darío. No, de *verdad* que estoy interesado.

—Está bien—respondió Darío sonriéndose coquetamente.

Afuera ya había dejado de llover. El humo se había despejado de la sala, y la temperatura había bajado un par de grados. La brisa suave que entraba por el gran ventanal producía escalofríos en los cuerpos húmedos y pegajosos de sudor. Carlos Alberto, Saulo y Darío se dirigieron hacia el centro de la pista de baile. La música había dejado de sonar cuando llegaron a donde estaban Mauricio, Julio y Jaime.

—Conque nos abandonan esta noche—dijo Julio colocándose entre Carlos Alberto y Mauricio mientras les pasaba los brazos por los hombros. Debía de tener treinta años. Era delgado y de baja estatura; la tez de aceituna y el pelo crespo indicaban sus ancestros árabes.

—Sí, nos vamos a «Baco» por un rato. Quedé en encontrarme con unos amigos—dijo Carlos Alberto.

—¿Por qué no se quedan, niños?—preguntó Jaime, agarrándole la barbilla a Mauricio. Tenía la misma edad de Carlos Alberto y era alto, hermoso y bien formado.

—No, de verdad que no podemos—insistió Carlos Alberto mirando a Mauricio.

—¡Qué dicha, qué dicha, pero con este calor quién picha!—gritó Jaime y soltó una carcajada. Destapó el inhalador de nitrito de amilo, le puso el dedo pulgar sobre el orificio e hizo un semicírculo con el brazo, ofreciéndoselo a sus amigos. —¿Quieren, niños?

Todos rehusaron con la cabeza, excepto Mauricio.

—Juega, cuadro—dijo Mauricio, y atrajo la mano de Jaime con el inhalador hasta la ventana de la nariz. Carlos Alberto se soltó del abrazo de Julio, le agarró el brazo a Mauricio y le impulsó levemente hacia delante.

—Vámonos, Maucho, que la noche es larga y el camino es culebrero—dijo, tratando de disimular su inquietud con el cliché.

—Suéltame—le gritó Mauricio y se zafó con violencia.

—Calma, calma—dijo Saulo, mientras le pasaba el brazo por el hombro a Mauricio. —No es para tanto.

—¡Qué nota!—exclamó Mauricio. Las mejillas las tenía enrojecidas y los ojos se le veían dilatados y vidriosos. —Increíble la nota, Jaime. Este «papito» está de maravilla.

—¿Papito?—preguntó Darío arrugando el entrecejo.

—Sí, «papito», Darío—dijo Saulo. —Les dicen así porque cuando los huelen en la cama te dicen papito, quiéranlo o no.

—Parece que el muchacho necesita clases intensivas—dijo Julio sonriéndose maliciosamente.

—Bueno, creo que es hora de irnos—interrumpió Carlos Alberto. —Hasta mañana y gracias por todo. Nos vemos pronto.

Algunos grupos esparcidos contestaron; Julio y Jaime les acompañaron hasta la puerta. Saulo hizo una graciosa reverencia y se despidió a lo árabe: «con mi corazón, con mi boca, con mi mente». Carlos Alberto, Darío y Mauricio, situados detrás de él, le imitaron.

—Hasta mañana, turco—dijeron.

La puerta se cerró detrás de ellos dejándoles aislados en un corredor escasamente iluminado. Se dirigieron hacia el ascensor en silencio. Carlos Alberto oprimió el botón inferior con insistencia como si estuviese acorralado y tratase de encontrar una escapatoria. Cuando la puerta se abrió finalmente, un suspiro de alivio se le escapó de los labios.

Pero su tranquilidad no le duró mucho. Al fondo del ascensor vio a dos mujeres y a dos hombres recostados. Por la sonrisa de burla que detectó en uno de ellos, Carlos Alberto presintió problemas y se preguntó si sus amigos también lo habían notado. Apenas entró, para evitar un enfrentamiento que sintió inminente, dio media vuelta y se acercó lo más que pudo a la puerta. Los otros le siguieron, pero por sus movimientos lentos comprendió que no se habían percatado. La puerta del ascensor se cerró automáticamente y el carro empezó a descender con ellos de espaldas a los otros pasajeros. El del gesto burlón, alto y corpulento, dijo:

—Ahora sí que se jodió la vaina: los hombres, maricas, y las mujeres, putas.

Las mujeres chillaron de placer como ratones ante una porción de queso. El otro hombre, más bajo que su amigo pero también musculoso, soltó una carcajada.

—¿Y cómo carajo sabes tú quién es quién?—dijo sarcásticamente. —Y tú, m'hija, ¿tú distingues?—preguntó dirigiéndose a la mujer que tenía al lado mientras le daba una nalgada. La mujer volvió a chillar, ahora más intensamente, pero no dijo nada.

Carlos Alberto empezó a sudar en abundancia. Se sacó un pañuelo del bolsillo del pantalón, se limpió la frente y aprovechó para mirar a sus compañeros con el rabillo del ojo: todos estaban rígidos mirando hacia delante o al tablero con los números de los pisos encima de la puerta. Luego miró de reojo a las parejas de atrás: «Con tal que no formen un mierdero estos machos hijueputas», pensó alarmado.

—¿Cómo es que les dicen, m'hija?—preguntó el primero a la mujer que tenía al lado.

—Jipi-jopo—dijo ésta de repente y se aguantó la risa con las manos.

Finalmente la puerta se abrió en el primer piso.

Mauricio, Saulo y Darío salieron apresuradamente como globos de helio que se hubieran escapado de las manos de un chiquillo. Carlos Alberto les siguió a corta distancia, pero caminó sin prisa para evitar que los otros pasajeros sospecharan que tenía miedo. Escuchó la puerta cerrarse con ellos adentro y luego las carcajadas. Concluyó que se dirigían al sótano para sacar un carro del garaje. Aceleró el paso hasta el portal del edificio en donde encontró a sus amigos esperándole.

—¿Cómo les quedó el ojo?—dijo.

—Las perlas no son para la boca de los cerdos, mi querido Carlos Alberto—dijo Saulo con la voz aflautada.

—Son tan imbéciles que todo lo que ven moderno enseguida lo identifican con los *hippies*—dijo Mauricio.

—Eso sería pedirle peras al olmo, Maucho—dijo Carlos Alberto. —No todos han vivido en Los Ángeles como tú—añadió sarcásticamente.

—¿Qué? ¿Tú crees que se *friquearon* por la ropa?—preguntó Darío.

—Demás que sí. Sólo hay que ver a Saulo con su kaftán y no hay vuelta de hoja—dijo Carlos Alberto. —O a lo mejor es que ya conocen la fama de Julio y Jaime y se imaginaron que veníamos de allá.

—¿Quién no conoce al turco?—preguntó Mauricio irónicamente. —Sus clientes de la tienda de modas no estarán muy contentos cuando se enteren que se acuesta con sus hijos.

—¿Clientes?—dijo Saulo con sorna. —Más bien víctimas. El turco no corta las telas sino que las daña.

Carlos Alberto, Mauricio y Darío se rieron aliviados como si la salida de Saulo les hubiera liberado.

Empezaron a atravesar el Bulevar del Sur. Las calles estaban mojadas; delgados arroyuelos aún corrían por sus flancos arrastrando consigo pedruscos, hojas muertas y periódicos. La brisa había desaparecido y el aire se respiraba húmedo; Carlos Alberto empezó a sentir de nuevo el cuerpo pegajoso y creyó que toda la pesadez del licor ingerido se le acumulaba en la cabeza; creyó que iba a vomitar, pero el recuerdo de sus relaciones maltrechas le distrajo.

Se dirigieron hacia la Calle Setenta. Caminando por la avenida junto al bordillo, Carlos Alberto alzó la cabeza y miró hacia el apartamento de Julio y Jaime, en el décimo piso: todavía estaba iluminado y se veían algunas siluetas dibujadas en el ventanal. «Por lo menos salimos de la trampa», pensó recuperando la calma; «aunque sea por esta noche». Saulo marchaba frente a él; el resto le seguía formando una fila india junto al borde de la acera.

Carlos Alberto notó que un Renault-4 venía bajando aceleradamente por el bulevar; al principio le pareció normal, pero cuando vio que el carro abandonaba el centro de la calle y se dirigía oblicua y decididamente hacia ellos, un sudor frío le recorrió el cuerpo.

—Cuidado con ese hijueputa—gritó, mientras arrastraba a Saulo con él hacia la grama de la acera. Darío y Mauricio lograron saltar a tiempo. El carro pasó rozando la acera y se enderezó hacia el centro nuevamente, disminuyendo la velocidad. Unas carcajadas se escucharon en el interior del coche.

—Lo hizo adrede... el malparido—dijo Mauricio; el rostro lo tenía pálido y el cuerpo le temblaba casi imperceptiblemente.

Carlos Alberto se puso de pie y ayudó a Saulo a levantarse.

—Está dando la vuelta en la esquina—dijo Darío y la voz se le quebró. —Parece que se va a devolver.

—Lo que nos faltaba—dijo Saulo.

Un Dodge Dart, con un hombre y una mujer adentro, pasó velozmente hacia donde estaba el Renault-4. «Maricas», gritaron, y soltaron sendas carcajadas. El Renault-4 proparó en la esquina de la Calle Sesenta y Nueve, y cuando el Dodge Dart lo alcanzó ambos dieron la vuelta y empezaron a remontar el Bulevar del Sur (al otro lado de la isla) hacia la Calle Setenta. Carlos Alberto y sus amigos continuaron caminando por la acera oeste hacia la Calle Setenta. Ya iban por la mitad de la cuadra cuando los dos automóviles pasaron a la misma altura, por el lado este de la avenida, gritando y haciendo sonar las bocinas. Carlos Alberto presintió que un problema desconocido se avecinaba, sintió confusas alarmas; miró hacia el cielo y lo vio negro y despejado: una hermosa luna llena parecía un inmenso topacio; cirros veloces la atravesaban. Respiró profundamente: el olor de las acacias que bordeaban el bulevar le llegó primeramente dulce, pero poco a poco se fue tornando rancio como el aroma de las frutas maduras dejadas demasiado tiempo al sol. «¿Qué voy a hacer con Maucho?», se preguntó angustiado. Miró hacia la acera del frente: en la puerta de la discoteca «Tiffany's» había un vendedor de chorizos y alguna que otra gente sin oficio. «Si estuviera un policía, no se atreverían», pensó; «pero los malditos tombos no se aparecen cuando más se necesitan». El ulular de una lechuza se oyó en la distancia. «Definitivamente, el infierno, *c'est les autres*», dijo y cerró los ojos.

El Renault-4 llegó hasta la Calle Setenta, dio la vuelta aparatosamente y empezó a descender deprisa por el oeste del bulevar; el Dodge Dart lo siguió a pocos metros de distancia. Cuando llegaron a donde ellos estaban frenaron en seco y dos hombres se bajaron de los automóviles. Carlos Alberto les reconoció de inmediato: eran los tipos corpulentos del ascensor. «Evidentemente están encocados», pensó: los ojos se les veían brillantes, con las pupilas dilatadas, y los rostros los tenían tan contorsionados por la ira que parecían guerreros salidos de una película de samuráis.

Al verles descender, Carlos Alberto y sus amigos se quedaron paralizados en sus posiciones: Mauricio y Darío estaban al frente; Saulo y Carlos Alberto, detrás de ellos, de manera que formaban un paralelogramo. Finalmente reaccionaron y empezaron a retroceder sobre la grama. El más alto de sus oponentes corrió gritando hacia donde estaba Darío.

—Marica hijueputa—le dijo dándole puntapiés en las espinillas y puñetazos en el estómago. Darío se dobló y cayó sobre el césped.

El otro hombre empezó a darle puntapiés y puñetazos a Mauricio; éste trato de defenderse, pero fue inútil: un golpe en el estómago le dejó, tendido y gimiendo, en el suelo.

—¿Qué es la vaina? ¿Están locos? ¿Qué les hemos hecho?—les gritó Carlos Alberto; no podía comprender este ataque que cobraba dimensiones de pesadilla.

Los dos hombres comenzaron a saltar y a gritar acompasadamente, «*Ji*pi-*Jo*po, *Ji*pi, *Jo*po, *Ji*pi, *Jo*po», como si fuesen brujos africanos tratando de exorcizar un maleficio. Carlos Alberto se sintió aterrorizado e instintivamente volteó a mirar a Saulo: se estaba mordiendo el labio inferior y la piel se le veía lustrosa y blanca como una hoja de papel. Notó asimismo que Darío y Mauricio se arrastraban por el suelo.

—Los muchachos quieren verga—dijo el más alto mientras se agarraba el sexo obscenamente.

—Mariquitas, maricas, maricones—entonó el otro burlonamente.

—Si eres tan macho, ¿qué carajo te importa lo que otros hagan en la cama?—dijo Carlos Alberto respirando con dificultad.

—¿No será que ustedes son tan homosexuales como nosotros?—les espetó Saulo con altanería.

El hombre más bajo le dio una trompada en la cara.

—Pirobo hijueputa—le dijo. Saulo se fue de espaldas contra la paredilla de la casa y rodó por el suelo con la cara ensangrentada. El hombre empezó a patearle las costillas.

Aprovechándose de la confusión, Mauricio y Darío se alejaron hacia la Calle Setenta.

—Cobardes hijueputas—les dijo Carlos Alberto—. ¿Por qué no se las miden con alguien del mismo tamaño?

—Ahora es tu turno, triaca cabrón—dijo el más alto acercándose y le lanzó un puntapié. Carlos Alberto retrocedió unos pasos hacia la pared y le asió fuertemente la pierna cuando dibujaba una curva en el aire. Luego le empujó hacia atrás; el tipo perdió el equilibrio y se fue de espaldas contra el suelo.

El chirrido de unas ruedas frenando sacó a Carlos Alberto de su estupor. Era una radiopatrulla; dos policías descendieron del automóvil.

—Todos contra la pared—dijo uno de ellos. —Requisa y papeles.

—Ni un movimiento en falso porque los quemo—dijo el otro.

Carlos Alberto ayudó a Saulo a ponerse de pie. El kaftán blanco estaba salpicado de manchas rojas; la nariz le sangraba abundantemente. Carlos Alberto se sacó el pañuelo y se lo ofreció.

—Echa la cabeza para atrás, Saulo, y apriétate bien la nariz—. Entonces le condujo del brazo hasta el muro de la casa solariega que quedaba justo frente a ellos.

El tipo se levantó del suelo y se fue a donde estaba su amigo.

—Abran las piernas y los brazos—dijo el primer policía mientras les empujaba con el bolillo. —Apóyense contra la pared. Eso. Así. Es corriente.

Los dos tipos estaban al lado izquierdo; Carlos Alberto y Saulo, al derecho. Los agentes empezaron a registrarles, uno a cada extremo. El segundo policía se agachó y comenzó a deslizar las manos hacia arriba por los muslos de Saulo; cuando llegó a las entrepiernas, le murmuró al oído: «¿Y to'o eso e' tuyo, pela'o?».

Carlos Alberto y Saulo se sonrieron. Los agentes continuaron esculcando a los otros.

—Papeles—dijo el primer policía e hizo una pausa. —¿Cuál es el motivo de esta reyerta callejera?—agregó con un tono de desdén y alzó la cabeza como si estuviese empinándose para ver algo que estuviera detrás de una paredilla. Al terminar la frase cerró la boca en un puchero.

—De ningún modo, señor agente. Aquí todos somos amigos—dijo el tipo alto extendiéndole la mano. —Doctor Eduardo García, mucho gusto en conocerlos. Aquí están mis papeles. Todo en regla. Como podrán ver, soy el gerente del Banco Central.

Los dos policías intercambiaron miradas.

—Doctor Álvaro Rebolledo. Placer en conocerlos—dijo el más bajo mostrando su cédula. —Eduardo tiene razón. ¿No es así, muchachos? Cosas de parranda—añadió sin esperar la respuesta.

—Ni de vainas—le interrumpió Carlos Alberto. —Ésta es la primera vez en mi vida que los veo. Estos *doctores* nos atacaron sin ningún motivo. Mírenle la cara a Saulo; la tiene hecha una etcétera. ¿Quieren más pruebas?

—Persecución... McCarthysmo—chilló Saulo histéricamente.

El segundo policía se sonrió.

—¿Quieren que dejemos las cosas así?—preguntó.

—¡Para nada!—dijo Carlos Alberto. —Esto no se queda así. Aquí están mis papeles. Carlos Alberto Rivadeneira, estudiante de derecho de la Universidad Libre. Yo sé cuáles son mis derechos. Vamos al permanente...

—Rivadeneira—le interrumpió García. —Bájate del caballo, llave. Las cosas las podemos arreglar por las buenas; estábamos mamando gallo, cuadro. ¿Sabe cómo es?

—La sangre, los golpes y los insultos no son bromas, Dr. García—dijo Carlos Alberto con la voz cascada. —Cumpla con su oficio, señor agente.

Álvaro Rebolledo trató de sobornar al segundo policía, pero Carlos Alberto les dijo que había tomado nota de los números de las insignias en caso de cohecho.

—Está bien, tú ganas—dijo García. —Álvaro, dile a mi mujer que se lleve a Miriam. Nosotros nos vamos en el carro tuyo.

Álvaro Rebolledo se alejó hacia donde habían parado los automóviles.

—Cabo Flórez—dijo el primer policía. —Váyase con los doctores; yo me llevo a los muchachos. Nos vemos en el Permanente Norte.

—Sí, mi sargento. Como usté mande—dijo el Cabo Flórez.

. . . la una de la mañana y metidos en este rollo la borrachera y la traba se me pasaron del susto salimos de Guatemala pa' meternos en Guatepeor no hicimos un carajo y forman el mierdero tienen que estar locos a lo mejor son locas si estuvieran seguros de sus tendencias sexuales no formaran el alboroto homosexuales frustrados la misma vaina que en el colegio tienen que pelear para demostrar que son machos qué tendrá que ver la violencia con la masculinidad debiera aprender kung fu como Bruce Lee y volverlos mierda sí volverlos mierda en un dos por tres sería increíble verles las caras vendrían tan confiados porque creen que marica, pendejo y homosexual son la misma vaina y zaz zaz zaz tres karatazos y al suelo contigo a la violencia reaccionaria la violencia revolucionaria mírale la cara a Saulo le jodieron todo el kaftán importado manchado de sangre tendré que prestarle ropa para que no lo vean así en su casa conque el cabo es loca *ergo* la homosexualidad se da en todas las extracciones de clase adónde quedará el Permanente Norte nunca me habían montado en una radiopatrulla afortunadamente los policías no se pusieron salsa tengo que pensar lo que voy a decirle al inspector cómo es que se dice lesiones personales no creo que es agresiones personales o es asalto y agresión mando cáscara segundo año de derecho y no me acuerdo del término exacto tengo huevillo qué voy a hacer con Mauricio como si no tuviera suficientes problemas no se pudo quedar tenía que escaparse quién iba a pensar que todo iba a terminar en este mierdero me acuerdo cuando regresé de los Estados Unidos y Emilio me dice que tiene un primo que se llama Mauricio que estudia arquitectura con él y que tenía que conocerlo yo creo que es de ambiente pero tapiña me dice todavía no ha salido al ruedo pero eso no es problema contigo tú lo puedes destapar tú eres el indicado me dice y cuando fui a la universidad me encuentro con Emilio y me muestra a Mauricio y yo lo veo y me digo *no joda* qué primo tan lindo me tienes que hacer el cuarto y Mauricio se sonríe de lejos y los ojos verdes se le iluminan *no joda* qué belleza ese hombre me lo acuesto me digo y a la semana invento una fiesta en mi casa y lo invito y unos amigos me lo traen y me cuenta que acaba de llegar de Los Ángeles y empezamos a hablar en inglés para que los otros no entendieran y nos fuimos a un rincón y me dice que había empezado a estudiar arquitectura en Los Ángeles que había vivido seis años en Santa Mónica y le pregunto si ha tenido experiencias homosexuales y se sonroja y me dice que no pero luego que sí pero que no cuentan porque no llegaron a nada y lo convenzo de que se quede esa noche conmigo y se queda y nos acostamos y las máscaras se caen y me le entrego y se me entrega y me dice que el tipo en Los Ángeles lo quería pero que nunca pudo tener nada con él que cuando se venía para Colombia el tipo le deseó suerte y le dijo que no se preocupara que el Tarot le había dicho que encontraría el amor de su vida en Colombia y Mauricio me dice que él cree que él presiente que él siente que él sabe que ese alguien en Colombia soy yo y yo le digo que sí y lo beso y lo abrazo y le digo te quiero y él me dice que también me quiere y nos besamos *I love you* me dice y yo le digo aunque ya no se conjugue ese verbo en español yo lo conjugo yo te amo tú me amas yo lo amo él me ama nosotros nos amamos y nos hicimos amantes ese mismo día . . .

LA PATRULLA empezó a internarse por un paraje abandonado que Carlos Alberto nunca antes había visto. Le recordó fincas que había visitado en su infancia con sus altos cañones y senderos repletos de árboles. No se veía ninguna vivienda en los alrededores y la oscuridad era total. De repente, Carlos Alberto vio una luz en algún recodo del camino; unos metros más adelante, se divisó una casa grande, vieja y amarilla, de ladrillos sin empañetar. La radiopatrulla estacionó enfrente del poste de la luz.

—Hemos sabido llegar—dijo Saulo. —Me imagino que este ominoso recinto debe de ser el Permanente Norte, ¿cierto, sargento?

El sargento le miró estupefacto.

—Manos a la obra—dijo Carlos Alberto mientras abría la puerta del automóvil.

A la derecha de la entrada de la casa había una pequeña oficina; Carlos Alberto se asomó y vio a un policía sentado en un taburete leyendo *El heraldo*. El sargento y Saulo se acercaron. El agente alzó los ojos sin cambiar de posición.

—¿Cuál es el cargo, sargento?—preguntó con una voz que mostraba cansancio y aburrimiento.

—No estamos aquí para que nos reseñen—intervino Carlos Alberto antes de que el sargento pudiera contestar. —Por el contrario, venimos a presentar una denuncia por agresión y lesiones personales.

—¿Así es la vaina?—dijo el policía con una sonrisa burlona. Luego dobló meticulosamente el periódico y se lo puso sobre las piernas. —Entonces tienen que hablar primero con el señor inspector. Sigan derecho; en la oficina del fondo.

—Rivadeneira, párame bolas—dijo Álvaro Rebolledo, quien en ese momento entraba al permanente acompañado de Eduardo García y del Cabo Flórez. —¿Puedo hablar contigo un momento?

—Como quieras, pero estás perdiendo el tiempo.

—Vamos afuera. Tranquilo que no te va a pasar nada.

Carlos Alberto y Álvaro Rebolledo caminaron hasta el poste de la luz.

—Mira, Carlos Alberto. Yo conozco a tu familia... te he visto varias veces en «Baco»... Se pasa chévere en ese bar, ¿no es verdad?—dijo con tono amistoso.

—Por supuesto—le respondió secamente. —Pero vamos al grano. ¿Qué es lo que tienes que decirme?

—Mira, cacha, los Rebolledo, los García, los Rivadeneira, todos somos parte de una gran familia: la *sociedad* barranquillera—finalizó con tono dramático.

—Fue vaina de tragos. La verdad es que no te reconocí. Aunque tú y yo no somos amigos, conozco a tus primos; de vez en cuando nos metemos un par de tragos en el Country. Mira, cacha, estábamos borrachos; se nos fue la mano; no sabíamos lo que estábamos haciendo.

—Pero yo sí sé lo que estoy haciendo.

—Retire los cargos, cacha...

—Lo siento mucho—le interrumpió Carlos Alberto y se encaminó al permanente sin mirar atrás.

Cuando entró se dio cuenta que Eduardo García estaba hablando al fondo con un hombre grueso, bajo y moreno, de unos cuarenta años, sentado frente a un escritorio.

—Ése es el inspector—le dijo Saulo. —García lo tiene acaparado.

Carlos Alberto recorrió lentamente el corredor hasta el fondo. Saulo le siguió.

—Perdone, señor inspector—dijo Carlos Alberto. El inspector y Eduardo García dejaron de hablar y voltearon a mirarle. —Queremos presentar una denuncia contra estos señores por agresión personal.

—Es mejor que no lo hagan—aconsejó el inspector. —El Dr. García es una persona muy importante en Barranquilla. Después de todo, ustedes no tienen ninguna prueba. Es la palabra de ustedes contra la del gerente del Banco Central—agregó sonriéndose malévolamente.

—Pruebas sí tenemos y asaz convincentes—dijo Saulo.

El inspector lo miró de arriba abajo y arrugó el entrecejo.

—¿Qué más pruebas quiere? ¿No le ve la cara a Saulo? Los agentes llegaron en el momento en que nos estaban atacando—dijo Carlos Alberto. —Además, dos amigos que lograron escaparse podrían servir de testigos...

—¿Testigos de qué?—preguntó el inspector solivian-tado. —El Dr. García y el Dr. Rebolledo estaban defen-diendo el honor de sus esposas.

—¿Que qué?—exclamó Carlos Alberto atónito. —¿Qué tienen que ver las esposas con este paseo?

—Increíble semejante despropósito—dijo Saulo.

Una sonrisa diabólica se dibujó en el rostro de Eduar-do García.

—Ustedes les faltaron el respeto a las señoras en el ascensor. Los doctores tenían que responder como lo que son: ¡como hombres!—dijo el inspector y golpeó el escri-torio con la palma de la mano al terminar la frase.

—Pero eso es absurdo. No podíamos «faltarle el respeto» a las señoras, como usted eufemísticamente dice, puesto que estábamos al frente del ascensor dándoles la espalda. Era imposible...

—¿Tienen pruebas?—le interrumpió el inspector exasperado.

—No, pero...

—No hay pero que valga, Rivadeneira—dijo el inspector. —Lo mejor que pueden hacer es largarse de aquí antes de que se me agote la paciencia.

—Como usted diga, señor inspector—dijo Carlos Alberto reprimiendo la ira, —pero esto no se queda de ese tamaño. Hasta *muy* pronto. Vamos, Saulo.

Carlos Alberto y Saulo salieron del Permanente Norte hacia la noche. El cielo se ofrecía desnudo; sólo la luna llena brillaba brindándole a la vegetación el color argénteo de los eucaliptos; el sendero de piedra estaba oscuro y desierto.

—Esto parece una boca de lobo—dijo Saulo. —No se ve ni un alma.

—Lo único que nos hace falta es que nos atraquen. Apura el paso, Saulo, vámonos de aquí.

Se internaron deprisa por el paraje neblinoso y salieron finalmente a una calle pavimentada. Las casas parecían deshabitadas; los postes de la luz estaban encendidos y proyectaban tonalidades salmones sobre las aceras; una que otra terraza estaba iluminada.

—Tenemos que buscar la Avenida Olaya Herrera—dijo Carlos Alberto; —allí nos será más fácil encontrar un taxi.

A medida que se alejaba del Permanente Norte, Carlos Alberto se sentía más seguro. Recordó su desazón en casa de Julio y Jaime, su angustia ante la posibilidad de tomar una decisión, su amargura ante un amor que se le escapaba de las manos. Mauricio ya no era el inocente muchachito que había conocido dos años atrás. Su relación había cambiado radicalmente debido tal vez a la incomprensión e intolerancia de la familia de Mauricio, pero también a la falta de honestidad entre ellos; cada día que pasaba les hacía sentirse extraños, como si fuesen pasajeros que se encuentran de costumbre en un mismo autobús a una misma hora pero que jamás se dirigen la palabra. Sí, Mauricio estaba allí y era agradable sentir que se tenía un compañero. ¿Pero acaso era eso amor? Pensó que el amor debía ser el compromiso de una libertad creativa, no el alimento del fastidio, del odio y del aburrimiento. Más cerca estaba del amor en su relación con Saulo: se necesitaban y se complementaban mutua-mente sin esperar recompensa alguna. «Toda relación amorosa está destinada al fracaso», pensó al desgaire. Pero cuando terminó de formular la idea, el significado cobró su preciso sentido. «El amor es posesión y establece por su propia naturaleza opresores y oprimidos», se dijo. Hablar con Saulo era un reto intelectual, discutir la necesidad de una disciplina para poder crear. Mauricio, por el contrario, paulatinamente le conducía al limbo.

—Yo soy la verdad y la vida; quien cree en mí entrará en el reino de los cielos—recitó Carlos Alberto.

—¿Y cómo, maestro?—le replicó Saulo con un deje de burla en el tono de la voz.

—Hay que buscar a un abogado, hay que defender nuestros derechos.

—¡Seguro!—exclamó Saulo. —Los homosexuales uni-dos jamás serán vencidos—arengó enfáticamente como si al pronunciar estas palabras toda la violencia recibida cobrara valor y anunciara una reivindicación en un día no muy lejano.

—De verdad, maestro—le dijo Carlos Alberto con ternura, pasándole el brazo por el hombro. —Sólo hay una solución...

—¡La revolución!—gritó Saulo alegremente.

Ambos se abrazaron y empezaron a descender corriendo la calle empinada. Una leve brisa comenzó a bajar por la colina, un gallo cantó en algún patio y la luna llena ahora no brillaba sola (Venus había aparecido en el horizonte de azabache) cuando Carlos Alberto y Saulo continuaron descendiendo abrazados la calle empinada y saltando y riendo y cantando buscaron la Avenida Olaya Herrera que ya se divisaba iluminada en la distancia, corriendo y riendo y saltando atravesaron las calles que les separaban de la luz de la avenida hasta desembocar en ella abrazados, saltando y riendo, como mineros sepultados buscando alegremente la luz, buscando infatigablemente más luz.

El cojo

Amor, ch'a nullo amato amar perdona,
mi prese del costui piacer sì forte,
che, come vedi, ancor non m'abbandona.
Amor condusse noi ad una morte.
Caina attende chi a vita ci spense.
—*Inferno*, Canto V, Dante

Categóricamente lo anunciaste: Caína me espera porque a pesar de todo sigo vivo. Me has relegado a esa zona
desolada y fantasmal donde habitan los traidores: la primera división de tu noveno círculo infernal. Mas que me
importa: mi dignidad, aunque vacía, ha sido preservada y
vosotros, miserables, encontraréis la gloria.

La luna llena alumbraba el jardín y las enredaderas.
Al verte desnudo junto a ella, con esa nítida perfección
que a mí me sustrajo nuestro padre, toda la ira acumulada como ponzoña me salió a borbotones. Traicionado por
ti, sangre de mi sangre, y por ella, mi compañera de un
decenio, la certera aunque fría espada tasajeó sin miseri-
cordia vuestras carnes.

La adúltera Ginebra te dio fuerzas para que pudieras
con el bello consumar tu orgasmo. ¿Cómo compararme
con él si ante tus ojos sólo mi cojera y mi poder político
campeaban? No son barruntos sino dagas que ambos me
clavan en las sombras.

Le enseñé todas las artes del amor y de la guerra.
Consolé sus primeros temores y con él conocí la vida
placentera en familia. Y, sin embargo...

Hoy me acompañas a mis nupcias junto a ella: galardón y alianza política e ilusoria. Míranos marchando juntos a una vida que se augura exquisita y signada por la gloria.

—*Caina attende chi a vita ci spense*—farfullas. No presientes la inmortalidad ni las preseas. Exiliado de tu tierra, serán mis descendientes quienes te brinden el reposo añorado de tus finales años.

Caerás porque no me enfrentas. «*E caddi come corpo morto cade.*» Rufián, prosigue tu comedia.

¿Y cómo es parada, padre Infante?

Entonces, padre Infante, ¿cómo es el cuento? Desde hace algún tiempo me he venido enterando de muchas vainas que le vienen sucediendo. La verdad es que yo nunca más lo volví a ver a usted desde que terminé el bachillerato y hoy, sin esperarlo, lo veo cuando entra al Cine Rex. Ya habían apagado las luces y sólo lo vi a contraluz: su silueta recortándose entre los cortinones y el vestíbulo—el estómago me dio un vuelco y lo seguí con mis ojos en la obscuridad: usted, con su foco de mano encendido, caminaba con apremio por los corredores buscando un sitio donde sentarse. Titubeé un momento y me decidí a seguirlo con esa curiosidad malsana que producen tantos años de odios y resentimientos acumulados. Poco a poco me doy cuenta que no se trata de cualquier sitio, que usted busca algo especial, porque veo que no le interesan varias sillas desocupadas. Finalmente lo diviso ya bien sentado al lado de un muchacho que se vislumbra hermoso en el reflejo intermitente de la pantalla en donde hoy presentan *Los cuatrocientos golpes*.

¿Se acuerda del día que usted llegó por primera vez a Barranquilla? Estábamos todos en el patio de recreo tomándonos unas gaseosas cuando, de repente, usted salió de la iglesia. El sol caía vertical sobre usted, la canasta de basketball y el piso de cemento que reverberaba con el calor de cuarenta grados centígrados.

Enseguida la curiosidad hizo que formáramos un corrillo en torno a usted pues queríamos enterarnos de todos los pormenores sobre el nuevo cura que había llegado como un héroe de esa Cuba remota que ahora todos detestábamos con ahínco. Ahora era Kennedy nuestro héroe. Imagínese usted, el primer presidente católico en la historia de los Estados Unidos. Con nuestros doce años usted también nos parecía muy joven. Era de esos hombres que acabando de afeitarse se les nota una ligera sombra azul. Y casi no tenía labios, tan sólo una raya que a duras penas los insinuaba y me recordaban a los de mi papá. Su sotana blanca estaba inmaculada. Todo fue risas y simpatías con usted. Usted era todo un personaje que había logrado escaparse de la maldad que se había apoderado de su isla.

Algo nos desconcertó a todos, sin embargo. A usted no le gustaba Jack Kennedy y de entrada nos dijo que él era un presidente de pacotilla. Eso no nos gustó pero lo aceptamos: guardábamos la remota esperanza de que usted se pasara al bando nuestro. No nos parecía imposible ya que Kennedy le había decretado el bloqueo a Cuba y empezaba a organizar los «Vuelos de la libertad».

Se nos erizaban los pelos oyéndole sus historias de esa isla de descreídos donde cambiaron a Dios por el barbudo de Fidel. Le contamos a gritos que lo entendíamos muy bien, que en los paquitos de la Alianza para el Progreso, que nos repartían sus hermanos jesuitas a la salida de misa los domingos, estaban muy bien explicadas sus historias: padres que se veían traicionados por sus propios hijos, denunciándolos ante las milicias, y que terminaban en el paredón por no compartir sus ideas. Mire usted, qué raza de ateos que no cumplían con el cuarto mandamiento.

O aquellos lavados de cerebro que le hacían a los niños en los colegios: la maestra les preguntaba a los alumnos si querían helados y cuando respondían que sí les decía que se lo pidieran al Niño Dios. Después que los niños la obedecían, la señorita dejaba pasar un rato y luego les ordenaba que le pidieran los helados a Fidel. Los alumnos se reunían ante el cuadro gigantesco de Castro y le rogaban que les diera helados. Dicho y hecho: segundos después entraban en fila milicianos cargados de conos para repartírselos a los alborozados niños que ahora gritaban jubilosos, dando chillidos de placer. Se necesitaba ser infame para hacerle eso a niños que ni siquiera habían llegado al uso de razón.

Le dijimos que con nosotros otro gallo cantaría. Nosotros éramos cruzados eucarísticos, nos habíamos consagrado a la Santísima Virgen, y por Ella y su Hijo defenderíamos la Religión hasta morir por ella. Ahora que el Concilio Vaticano II nos había permitido empaparnos en la Biblia nos la habíamos aprendido al dedillo y los sábados íbamos a Carrizal a catequizar y llevar mercados a los pobres que allí vivían. La Historia Sagrada había quedado atrás; ahora nos sentíamos niños Jesuses en el templo y con Biblia en mano discutíamos acaloradamente argumentos teológicos, especialmente con Marta, la lavandera de mi casa, que era Evangélica.

Claro que eso no era nada comparado con usted. Usted era un verdadero héroe que había sufrido en carne propia la persecución fidelista por el hecho de ser sacerdote y como era su obligación les llevaba los sacramentos a los millones de católicos cubanos, porque Cuba era católica y siempre lo había sido, y por eso lo metieron preso a pan y agua, pero usted no desmayó como macho y hombre de Dios que era, y tampoco le importó cuando le metieron un balazo en el pie y todo se lo ofreció a Dios por Cuba, los cubanos e incluso por el alma de Fidel, semejante descreído.

Enseguida nos mostró su zapato especial con plataforma de caucho negro para que pudiera caminar bien

luego de la operación que le hicieron en el pie para sacarle la bala. Claro que no se le notaba porque la plataforma
era del mismo color del zapato que, entre otras cosas,
estaban bien embolados, tan brillantes que parecían que
se los hubieran lustrado los emboladores del Paseo Bolívar.

Y usted empezó a contarnos de las tristes condiciones
en que se encontraba su Cuba adorada, de las perse-
cuciones a los católicos parecidas a las historias en las
clases de religión sobre las catacumbas romanas y los
protocristianos, y de Fidel y los castristas que eran una
mancha de desaseados, que desconocían las duchas y que
olían a casita de mono, como usted nos decía en medio de
las risotadas de todos los que le rodeábamos. Sin
embargo, lo que nos causó más risa fue cuando usted nos
dijo el apodo que le tenían a Fidel por lo puerco que era,
«bola de churre» nos decía que le decían, y nosotros nos
carcajeábamos porque usted nos parecía increíble.

Lástima que a usted no le gustara Jack Kennedy, el
primer presidente católico de los Estados Unidos de
América y que, como decía el Hermano Beto, podría con-
vertir a todos los herejes gringos cuando se dieran cuenta
de lo bueno que era, que la iglesia católica era la única
verdadera, la única que podría salvarles el alma de las
llamas del infierno.

Qué pena que entonces tocaron la campana y nos
despedimos de usted muy contentos, gritándole que
volveríamos a vernos, que no lo dudara un segundo, que
usted, definitivamente, era un padre bien bacano.

La verdad, la verdad padre Infante es que fui siempre
un niño muy religioso. Mi mamá solía contarme que
cuando tenía tres años mi aya me llevaba de la mano al
Colegio de Lourdes que quedaba enfrente de mi casa

donde estudiaba interna mi hermana mayor, Betty. Las monjas de La Presentación y las alumnas me convirtieron en su mascota; me invitaban siempre a todas las festividades del colegio. Mi tía Lydia me había regalado un misalito que no soltaba ni para ir al baño, y Angelita, mi aya, me paseaba en mi cochecito por todos los recovecos del colegio mientras «leía» mi misal como cualquier-anciano, como decía mi tía Lydia. Esto les causaba inmensa gracia a las herederas de Marie Poussepin, tanto que sus hermosos rostros se sonrojaban de la dicha y las blanquísimas cornetas temblaban como flan en terremoto. Allí cursé mis primeros estudios e hice la primera comunión.

Cuando pasé al colegio de los jesuitas, padre Infante, el cambio me cogió de sorpresa: un mundo religioso cerrado con sus pisos de clausura, sus castigos violentos: manos azotadas y despiadadas humillaciones. Atrás quedaban las cien líneas de castigo que debíamos repetir, el severo regaño que comenzaba con lágrimas y terminaba en mimos y sonrisas. En cambio teníamos misa diaria a las siete de la mañana, puntualidad, asistencia, conducta, aprovechamiento, presentación personal, traje de gala los domingos portando el escudo del colegio. Luego vino la Cruzada Eucarística, las catequesis, los desfiles imponentes, toda la parafernalia para luchar contra los herejes.

Quizá preparándome para la que sería su Congregación Mariana, ingresé un buen día a la recién creada Legión de Loyola, padre Infante. Íñigo, el general que había abandonado todo para formar su ejército de Cristo. Loyola, el invencible, sólo comparable al Papa. Y yo, con mis sotanas, mis roquetes, los inciensos y mis altares. Era un reto aprender los 533 nombres diferentes que componen el mundo de la liturgia. Tenía que prepararme para ser sacerdote.

De manera que era muy religioso aunque ya el mundo de la pubertad venía reventándome por dentro, deseos reprimidos que engendraban angustias: el mundo descorriendo el velo de la inocencia.

Sí, padre Infante, usted tuvo que darse cuenta de mi arraigada fe religiosa. Sobre todo cuando nos lo nombraron profesor de Historia Universal e Historia de la Iglesia en segundo de bachillerato. Realmente me interesaban aquellas materias y por aquel entonces ya usted era el director de la Congregación Mariana. Al padre Molina lo habían relevado de su cargo y usted entraba por la puerta grande. Tan joven y tan competente. Su imagen de héroe religioso en la Cuba de Fidel seguramente había contribuido bastante.

Al principio sus relaciones con la clase fueron muy cordiales. No discriminó a nadie hasta que un día, sin avisarme, empezó a cogerme cola. Esto me dio de sopetón dejándome confuso porque hasta ese momento usted me parecía una persona justa. Pero poco a poco me fue dejando pistas que me llevaron al total desengaño.

Yo era buen estudiante y le dedicaba bastante tiempo a leer aquellas historias de papas y piratas. Y sin darme cuenta usted empezaba con una tiradera con los que usted consideraba «débiles». No me era fácil comprender cómo usted se había pasado al bando de los que podían hacernos la vida imposible. Algunos éramos esas especies de criaturas indefensas demasiado consentidas por sus padres: el hijo menor, o el unigénito, o quizá el único varón entre mujeres. Éramos los niños que pedían el-sol-la-luna-y-las-estrellas y todo nos lo concedían sin ningún tropiezo. O acaso un ligero llanto para ablandar un poco el corazón de nuestros padres y salirnos a la larga con la nuestra. No sabíamos pelear a puños por cualquier estupidez como el resto de nuestros compañeros y tampoco éramos deportistas. Demasiado gordos o demasiado flacos, demasiado lindos o demasiado feos. La línea general se quebraba ante los ojos iracundos de una mayoría que imponía su pretendida normalidad. Y entonces se nos arrinconaba, se nos empujaba, nos quitaban los mejores puestos en los buses, en las filas, en las aulas. Y los humores se nos iban condensando en la introversión o en corrillos esotéricos sólo para iniciados. Los libros, la poesía, el teatro, el cine, los estudios se convertían en nuestro refugio: la única forma de vencer a los vencedores.

Durante muchos años no había podido comprender cómo usted no se convirtió en nuestro guía, en nuestro amigo, sino que por el contrario resultó ser nuestro perseguidor más enconado. A medida que nos íbamos alejando, que mi admiración se iba convirtiendo en un odio concentrado, empecé a sospechar que usted en el fondo se parecía demasiado a mí, que veía su imagen reflejada en mi rostro.

Después de muchos años, después de que el odio se transformara en indiferencia, me he ido enterando de muchos casos que confirman mis sospechas.

Recuerdo que usted remedaba cualquier ligera afectación de nuestro subgrupo para beneplácito de los «duros» de la clase. Para ustedes era la burla exacerbada aunque para nosotros era la mayor humillación. Era más fácil comprender la maldad de nuestros condiscípulos pero lo que más nos dolía era su consentimiento y su participación. Al fin y al cabo ellos eran nuestros contemporáneos, pero usted era de «los grandes» y, sobre

todo, nuestro profesor, alguien que se suponía man-
tuviera la clase en cintura. Usted, padre Infante, se nos
mostraba por el contrario como un colaboracionista, como
el comodín en una partida de póquer que sólo disfrutaba
con las burlas y los chistes de los bufones de turno y
nosotros éramos el blanco de sus escarnios.

Sí, padre Infante, ¿se acuerda del día que usted
decidió que yo era homosexual? Yo, por el contrario, no lo
olvidaré jamás. Asistíamos a su clase de Historia Universal. La Compañía de Jesús era muy peculiar y se
diferenciaba de los otros colegios de Barranquilla. En el
colegio San José existían las divisiones y las clases. Cada
curso de bachillerato tenía su propia división con varias
secciones, así la primera división comprendía el sexto de
bachillerato con sus secciones A y B. Yo estaba en segundo de bachillerato y pertenecía a la sección A (los más
altos) de la quinta división. Pero lo que diferenciaba a las
divisiones de las clases era que en las primeras todo el
mundo tenía un pupitre fijo en el cual siempre se sentaba.
Y allí, en aquellos pupitres viejos, guardábamos bajo llave
nuestros útiles escolares, así como el trapo y el betún
conque los barnizábamos. Las clases se reunían por secciones individuales en aulas de menor tamaño y allí cada
cual era libre de sentarse donde quisiera. Al menos en
teoría, porque en la práctica había ciertas reglas del juego
compartidas tácitamente entre los condiscípulos de la
sección. En vez de pupitres fijos de cajón las clases tenían
unas mesas largas y planas con sillas de metal individuales. Cada mesa tenía dos puestos y tú escogías tu
compañero o él te escogía a ti.

Caraballo me había escogido a mí. Abimalet Caraballo
(apodado, nunca supe por qué, «el pato boricuá», así, con
acento en la «a», modas que venían y se iban arbitraria-

mente al compás de los vientos alisios, ya que «pato» en Barranquilla se le decía al que se presentaba a una fiesta sin ser invitado, aunque años más tarde, cuando estuve familiarizado con el argot puertorriqueño, la ironía se hizo evidente) era todo un caso. Casi sin darnos cuenta se había convertido en parte de mi grupo: cinco compañeros que nos reuníamos en los recreos, después de clases, los fines de semana y en los pupitres. Sin quererlo, digo, porque a mí el «Pato» me caía mal. Tal vez era su vulgaridad, su descomunal corronchería. Debía de tener mi misma edad: trece años. Pero también había algo en él que me atraía al mismo tiempo y que me obligaba a aceptarlo: sus presuntos conocimientos sexuales y su tan alardeada experiencia. En efecto, el Pato Caraballo hablaba con la misma libertad de su ida a la casa de las putas la noche anterior, de la burra que se había comido el domingo en el potrero y del marica que se había tirado por treinta pesos. Por supuesto que todo esto picaba mi curiosidad dada mi sexualidad reprimida y mi virginidad absoluta. El Pato Caraballo era el gran charlatán y, para decir la verdad, yo no le creía todo lo que contaba en el corrillo de mis amigos, aunque cuando estaba solo conmigo su énfasis definitivamente lo ponía en la homosexualidad. Me insistía que se lograba un placer increíble comiéndose a un marica porque el ano era más estrecho que la vagina.

—Mierda, marica, yo sé lo que te digo—enfatizaba, utilizando el epíteto como una muletilla; en Barranquilla todos los machos se llaman entre sí marica o loco.

—¿Por qué?

—Porque es más chiquito y cuando te vienes es mejor porque la tienes más apretada—remataba triunfalmente y soltaba una carcajada. —Debieras probarlo.

—No sé si me atreva.

—Pero eso sí—añadía con tono de precaución. —Tienes que tener mucho cuidado. Lo único jodido es que los maricas pueden tener gonorrea en el culo y te la pegan. Por eso, cuando te los vayas a tirar, exprímeles un limón en el culo y si les arde es que la tienen.

En cierta forma el Pato Caraballo estaba enamorado de mí. Mejor dicho, yo le gustaba y siempre estaba dispuesto a mandar la mano y agarrarme las nalgas para iniciar el juego de yo-te-agarro-las-nalgas-pa'-que-tú-me-las-agarres-también. Por eso se sentaba al lado mío en las clases, porque le gustaba y así poder aprovechar cualquier momento para mandarme la mano.

El salón de clases era rectangular con grandes ventanales flanqueados por dos largos corredores. Al fondo del salón, enclavada en un rincón, había una tarima en donde estaba el viejo escritorio del profesor, de manera que estando más alto que el resto de la clase podía observar no sólo a sus discípulos sino a quienes deambularan por los corredores. Había tres hileras de diez escritorios para dos aunque era rara la sección que pasara de cuarenta alumnos. Ese día, padre Infante, el Pato Caraballo y yo estábamos sentados en la tercera mesa de la fila del medio. Y usted comenzó su lección.

Como yo sabía la tirria que me tenía me había «apuñaleado» los dos capítulos del texto la noche anterior: la Reina Isabel, Francis Drake y los piratas en América. Y como era de esperarse usted me tomó la lección. Y se la di al dedillo, con pelos y señales, como para que usted me felicitara y me concediera un cinco aclamado. Pero no fue así.

Para dar la lección uno tenía que ponerse de pie y esperar el ataque sadista del gran inquisidor. Cuando ya estaba por cerrar mi perorata con broche de oro, el Pato Caraballo me mandó la mano a las nalgas. Me quedé estupefacto por fracciones de segundo que a mí me parecieron siglos y luego, con una reacción impulsiva e irracional, tomé mi maletín de cuero inglés y lo arrojé al suelo en mi ira sagrada.

Usted, al ver que me había detenido abruptamente en mi brillante intervención, no lograba entender lo que estaba sucediendo, pero los condiscípulos que estaban detrás de mí estallaron en carcajadas.

Anselmo Echeverri, uno de los depositarios de mis odios más acendrados, dijo a la chita callando que lo mío era una reacción de maricas pero usted, padre Infante, lo alcanzó a oír y se unió al corrillo burlón. Se me fue la sangre a los tobillos y me dejé desplomar en mi silla de metal al mismo tiempo que le oí decir a usted que yo debía ser más macho. Con las mismas me dio un cuatro de calificación y no tuve el coraje de discutírselo. Se la acepté sumiso y cuando creía que el escarnio nunca llegaría a su fin, la campana sonó a rebato lanzándonos al recreo de las nueve.

De allí en adelante usted se convirtió en mi perseguidor más enconado. Comenzó a regar rumores infundados que corrían de boca en boca entre mis compañeros, yo, que a los trece años aún no había probado los deleites sexuales.

Y me llegó el turno de solicitar la admisión a su Congregación Mariana. Ante un grupo de estudiantes mayores presididos por usted comenzó la Santa Inquisición: preguntas capciosas que encerraban el desprecio. Bola negra conmigo, padre Infante, bola negra. Una y otra vez lo intenté, con los mismos resultados. Hasta que un día desistí y me dediqué al escultismo hasta culminar mi bachillerato con honores.

Supe runrunes sobre su vida luego de mi grado pero ya qué importaba. Su figura perversa se desvaneció con el tiempo y sólo aparecía recurrente en una que otra pesadilla.

Hasta hoy que vuelvo a verle cuando menos lo esperaba. Me he apostado en la pared del fondo junto a los cortinones de la salida para espiarlo con deleite. No lleva sotana, ni siquiera el cuello de sacerdote que ahora les permiten. No. Está de civil, como cualquier hijo de vecino. Allí, a diez metros de distancia.

Las luces intermitentes de la pantalla muestran a un Jean-Pierre Léaud de trece años, representando a Antoine Doinel, *alter ego* de Truffaut, corriendo por la campiña en busca del mar que le forjará su destino.

Y yo comienzo lentamente con el mío, con el corazón desbocado, caminando sigilosamente por el corredor obscuro hasta la butaca en que usted se encuentra cuando descubro asombrado que el muchacho hermoso junto a usted tiene la bragueta abierta y su sexo erecto, reluciente en su blancura prístina en medio de las penumbras intermitentes del Cine Rex, se encuentra cautivo entre sus sacerdotales manos.

Se siente sorprendido. Duda un segundo y alza su rostro amedrentado y me reconoce al instante. Por sus ojos acuosos transitan vertiginosamente el odio, el pavor y la vergüenza, y yo titubeo pero prosigo mi camino.

Antoine ha llegado finalmente al mar y en sus aristas platerescas se baña su cuerpo jubiloso. ¡Al fin, la libertad!

Ganas de vivir

Aunque aún no hubiera amanecido, don Rogelio comenzó a vestirse en la oscuridad. Luego se incorporó, prendió la vela que le quedaba en la mesa y se asomó por la única ventana del cuartucho. Respiró profundo, deleitándose con el olor a pasto húmedo que había dejado el sereno de la madrugada y observó en el infinito las luces intermitentes de las luciérnagas. No sintió ni cansancio ni hambre. Miró al cielo, localizó el lucero matutino y volvió a respirar profundo. «A lo mejor hoy cuento con suerte», dijo en voz alta y un escalofrío le recorrió el cuerpo. Prendió el anafe y recalentó el café que le quedaba en el pocillo de peltre.

Tenía que resolver su vida, buscar una salida, largarse a la ciudad, cualquier cosa. Pero esto no podía seguir así. Ya no eran muchos los que aún quedaban en el pueblo. La mayoría había decidido vender sus enseres e ir a jugárselas el todo por el todo a cualquier ciudad en donde se pudiera encontrar trabajo. «El campo se muere», pensó. «Mejor dicho, está muerto.» Recordó su llegada hacía medio siglo cuando aún era adolescente, su casorio con Josefina, su amor por la tierra que le correspondió con creces. Trabajándola sin sosiego crió a sus siete hijos y pudo repartir entre los más pobres las papas que le sobraban de los mercados de los sábados. La tierra era suya y su amor por el riachuelo que la regaba y las hortalizas que cultivaba se nutrió con la miel y los trinos de un hogar satisfecho.

Bajó el pocillo del anafe y lo puso a reposar. A lo lejos escuchó el insistente coquí de las ranas que un día habían invadido la sabana sin explicaciones. Co-quí, co-quí, co-quí. Alguien dijo que un puertorriqueño con nostalgia se había traído en el bolsillo dos ranas de su tierra, las había soltado en el campo en cuanto pisó tierra colombiana y se habían reproducido como por encanto. Don Rogelio se sonrió. «La nostalgia nos hace trampas y no sabemos cómo manejarla.» Se bebió el café de un golpe. Una luz lechosa se asomó por el oriente y la brisa fría le apagó la vela. Se lavó el rostro con el agua que tenía recogida en una olla, se lo secó con una toalla y se miró en el espejo cuarteado que tenía colgado en la pared: su rostro bronceado repleto de arrugas y sus cabellos blancos se le antojaron desconocidos por un instante. En los ojos redescubrió su lozanía de otros tiempos y pudo aceptarse sin malestar. «Ya nos vamos yendo.» El canto del gallo le sacó de su ensimismamiento. «Debo llegar temprano. Es la única ventaja que tengo sobre los jovencitos.»

Don Rogelio se amarró los pantalones viejos, arrugados y excesivamente grandes con una cuerda de fique, se calzó las cotizas y el sombrero, ajustó la puerta de cinc y agarró camino. Le pareció que los cadillos relumbraban con el sol caliente que despuntaba por la serranía y pensó que la esperanza era mala consejera. Volteó a mirar el pago: una casucha en medio de una inmensa finca de algodón en plena cosecha. Su mirada se detuvo en la mansión del patrón: una casa hermosa, blanca y gigantesca, bordeada por una piscina y con una parabólica en el techo. Recordó su propia finca arrasada por su testarudez ante la bonanza de la marihuana, el cáncer del seno que había acabado con Josefina, la muerte o el exilio de sus hijos en el país del norte, su silencio definitivo. Estaba solo aunque estaba vivo. Ante tanta sangre y luto diarios eso en sí lo consideraba un logro. ¿Pero valía la pena? Ya no se hacía la pregunta. Le parecía inútil. Inútil como inútil era abrir la boca, protestar, decir la verdad. «En boca cerrada» era mejor que el revoloteo de las moscas sobre el cadáver con ideas propias. Por inercia, rodar con vida, despertarse al nuevo día sin pan, sin amor, sin trabajo, sin futuro. Pero ya qué podía importarle, ya no tenía nada que perder.

Miró el horizonte, los picos nevados de la sierra, la blancura esponjosa del sembrado y el camino húmedo, y respiró profundo. El sendero que bordeaba la cerca de la hacienda le condujo a la entrada principal donde vio abandonado un saco a medio llenar. Se acercó con sigilo y pudo comprobar que eran papas. Una sonrisa le iluminó el rostro: «ladrón que roba a ladrón tiene cien años de perdón». Le torció el cuello al costal sin titubear, se lo echó al hombro y cogió el camino de regreso, silbando un paseo de cuando La Paz no sólo era el nombre de su pueblo, sino la armonía de una región y el aire prístino de su infancia.

Ese día nadie vio a don Rogelio en la plaza de la iglesia esperando a que le escogieran de bracero como era su costumbre. Los pocos que quedaban sabían lo anciano que era, lo solo que vivía, la tristeza que trasudaban sus palabras. Tal vez pensaron que finalmente había amanecido muerto en su pago y se engancharon a la faena aquellos que contaron con mejor suerte.

Cuando el policía y el sargento vieron el humo que salía de la choza se dirigieron a ella con paso apresurado y sin esperar tumbaron a culatazos la hoja de cinc que servía de puerta. Don Rogelio se levantó azorado y se puso la camisilla con vergüenza.

—¿Dónde está el talego, viejo fullero?—dijo el sargento.

Don Rogelio señaló el saco y se puso de pie.

—Mi sargento, está vacío—dijo el policía.

El sargento le puso las esposas y le sacó a empellones de la choza.

—Hambre atrasada, mi sargento—dijo don Rogelio y caminó con la cabeza en alto.

A la semana siguiente todo el pueblo se enteró. El periódico de la capital y las emisoras de la provincia difundieron la noticia. Un campesino había sido enviado a prisión por haber robado medio saco de papas. Don Rogelio era, en efecto, el único recluso y el alcalde, viéndose en aprietos, tuvo que contratar los servicios de un hotel lugareño para que se encargara de suministrar los tres alimentos diarios de don Rogelio. En tres meses don Rogelio había consumido un total de cuatro millones de pesos, agotando de ese modo el presupuesto anual de la cárcel, lo que el municipio había aportado para costear «la ración de presos y dementes». Viéndose impotente ante semejante despropósito, al alcalde no le quedó otra alternativa que sugerirle al juez del pueblo el traslado de don Rogelio al reclusorio de la capital, a lo que el funcionario accedió encantado con tal de sacarse de las manos a semejante rémora.

Hoy don Rogelio no se mosquea con la alharaca que han creado todos los medios. Brinda entrevistas y se deja tomar fotos, saboreando un buen café colombiano luego de consumir su suculento plato. Confiesa que ha engordado unos cuantos kilos, pero esto no parece preocuparle en lo absoluto. «Nunca pensé que el gobierno fuera a ser mi tabla de salvación. Tengo los tres golpes asegurados y de vez en cuando los periodistas me traen higos y arequipe para acompañar mi tintico. La vida es bella, seño, yo sé lo que le digo. De verdad que uno no sabe para quién trabaja.»

Sin embargo, el gobernador se pregunta si en realidad la pena se ajusta al delito. De lo que sí está seguro es que las papas que don Rogelio se robó sólo costaban veinticinco mil pesos.

La espina aguda del deseo

Sentir otra vez, como entonces,
la espina aguda del deseo...

«*Jardín antiguo*», Luis Cernuda

El mundo era sin límites, igual a mi deseo.
Frente al afán de ver, de ver con estos ojos
que ha de cegar la muerte, lo demás, ¿qué valía?

«*Quetzalcoatl*», Luis Cernuda

Carlos Alberto Rivadeneira espantó las palomas que picoteaban en el parque y recogió una colilla del suelo. Al frente, el Paseo Colón comenzaba a llenarse de turistas alemanes con cámaras fotográficas y camisas estrambóticas y de marineros que desembarcaban de pequeñas lanchas en el malecón y se dirigían alegres hacia Las Ramblas. El cielo parecía un helado de moras y de fresas y el viento agitaba levemente las velas de la imponente carabela (réplica de la Santa María) y a los pequeños carros del teleférico que ascendían hacia el Museo Miró.

Carlos Alberto alisó con ansiedad la colilla, la prendió, aspiró profundamente y dejó que el humo se le escapara por la nariz y por los labios entreabiertos. El placer que le produjo el sabor picante del tabaco negro en la lengua hizo que olvidara por un instante todos sus problemas. «¡Qué hermosa era la vida!», pensó; «¡qué increíble sería tener dinero en los bolsillos, ir a un buen restaurante y saborear despacio un Carlos I, y a las gambas y a las vieiras de una paella valenciana!» Sintió que no tenía a quién recurrir. Solo. Estaba solo. Y sucio. Hacía una semana que no se duchaba; no tenía sesenta pesetas para el baño en el hostal. No había escapatoria. No. Los días venían sin resquicios, iguales los unos a los otros, marcados tan sólo por la larga caminata a las once de la mañana hasta el consulado colombiano con la esperanza de encontrar una carta con dinero adentro que le sacara de apuros hasta cuando encontrara trabajo. Pero no llegaban. Pero no conseguía trabajo. Pero... un callejón sin salida. La vida no era hermosa, no. Injusta. Una pila de mierda. Un círculo vicioso. Sin residencia no hay permiso de trabajo, sin permiso de trabajo no hay residencia. Franco muerto; trabajo para los españoles. Las ambiciones que le habían empujado a abandonar todo y venirse a España en busca de oportunidades, de escribir, estudiar, trabajar de intérprete o traductor, todas hacían ya parte de los recuerdos: memorias amargas de un Carlos Alberto endeble ahora, duro por dentro, ahogado en la indiferencia de tantas puertas cerradas, tantos vacíos y humillaciones que le escupieron en la cara. Por lo menos Xavier de Mena, su compañero de aventuras, tenía el tiquete de regreso. Pero él, nada. Pero él, sólo un cuerpo de escasas cien libras y ni un pedazo de tierra en donde caerse muerto. Ya habían vendido la mejor ropa que habían traído y por una porquería. Y la máquina de escribir. Y los libros. Todo. Tres días sin comer, a punta de pan y agua para engañar al estómago. Tan sólo por un rato, tan sólo durante el día. Porque por las noches no podía dormir. Se despertaba sobresaltado y con cólicos. Vomitaba y se quedaba despierto pensando cómo solucionar su vida, hasta que le sorprendía cansado la luz del alba que se colaba por los visillos y caía entonces en duermevela, acosado por pesadillas que le hacían sudar más de lo necesario en el calor asfixiante de agosto. Ya ni la sangre podía vender. La última vez que fueron, se negaron a sacársela porque estaba muy flaco. Desnutrido. Acabado. Un saco de huesos. Qué hacer, qué hacer, qué hacer, qué hacer. ¡No joda! Ni para mendigo servía. La cara se le caía de vergüenza y al final Xavier lograba que le dieran uno o dos duros que no alcanzaban sino para un pan o una naranja. Los hombres a los que se les acercaban a la salida del metro, con sus trajes y sus zapatos relucientes, se ponían furibundos, se apartaban asqueados como si les fueran a pegar la lepra, y les decían, «¿Y vosotros qué creéis, que a mí no me cuesta trabajo ganarme la vida? Buscar trabajo», y se escurrían por las escalinatas como huyendo de la peste. «Prostituirse. Es la única salida», le decía Xavier. «Hay varios bares en el Barrio Gótico adonde van los chulos. Tú estás bueno, y seguro que no te va a ser tan difícil encontrar uno que te pague.» Eso o lanzarse desde el Montjuich al mar y acabarla de una vez por todas.

Carlos Alberto tiró la colilla y la aplastó con el zapato. Las parejas regordetas y sonrosadas iban alegres, listas a divertirse. «Hijos de puta, ojalá se atraganten y se asfixien con la comida», pensó con rabia. Se levantó de la banca y se dirigió hacia el Barrio Gótico. Tal vez Xavier ya había llegado al hostal, a lo mejor había tenido suerte, quizá.

Se detuvo en la esquina de la Calle del Vidrio. Al frente se veía el Hostal de la Alondra, con su puerta inmensa y descascarada, salida de goznes. Se acordó que debían dos semanas de hospedaje: mil cuatrocientas pesetas. «¿Y si me topo con el dueño?». Titubeó por un instante, pero atravesó la calle. Subió las escaleras sigilosamente. Frente al escritorio de la recepción, en un sofá destartalado y con la tela desteñida y deshilachada, dos viejos conversaban en catalán. Le pidió la llave de la habitación a la mujer que estaba en el escritorio; ésta le hizo un mohín, se la entregó y Carlos Alberto se fue a su habitación. Xavier no estaba, pero encontró una nota: «Me fui al malecón. Tal vez tenga suerte esta noche. Olvida el orgullo y haz tú lo mismo. Te veo luego». Carlos Alberto rompió con rabia el pedazo de papel y se tiró en la cama. Sintió que un nudo se le formaba en la garganta y sin darse cuenta empezó a sollozar. «Hija de puta vida. Me cago en Dios y la corte celestial va de culo.» Al rato se quedó dormido.

Cuando se despertó, el cuarto estaba en penumbras, interrumpidas intermitentemente por las luces de neón del aviso del bar que quedaba al frente del hostal. Prendió la luz y miró el reloj despertador: las diez de la noche. Se desvistió perezosamente hasta quedar completamente desnudo. Fue al lavamanos frontero a la cama y se miró en el espejo. Tenía los ojos hinchados: unas ojeras profundas, violáceas, los circundaban. Se enjuagó la cara. Humedeció una toalla y se restregó el cuerpo. Luego se tiró el prepucio hacia atrás y se lavó el glande con agua y jabón. Empapó la toalla y se limpió el ano. Cogió la botella de agua de colonia y la esparció generosamente por la cara y el cuerpo. Se puso unas bermudas justas, una camiseta sin mangas, calcetines blancos y zapatos tenis. Apagó la luz y cerró la puerta. Al pasar por la recepción entregó la llave, bajó las escaleras apresuradamente y se lanzó a la noche.

Empezó a caminar despacio por las calles angostas del Barrio Gótico, fingiendo lujuria en los ojos cuando veía a alguien caminando por las aceras. Algunos le miraban brevemente, pero seguían de largo. Se detuvo en el número diez de la Calle del Vidrio cuando escuchó a Rolando Laserie cantando «Las cuarenta» en el traganíquel del bar del ecuatoriano. Sabía que allí tenía crédito. En otras ocasiones había recibido cheques en dólares que algunos amigos le enviaron y el ecuatoriano siempre se los cambiaba. Buena persona, el ecuatoriano. Se habían hecho amigos cuando descubrieron que ambos tenían una pasión escondida por la música de la vieja guardia: Casino La Playa, La Sonora Matancera, Pérez Prado, Rolando. Decidió entrar y pidió una cerveza. Le dijo al ecuatoriano que se la pusiera en la cuenta. El bar estaba lleno de putas jóvenes que le saludaron con simpatía y de improviso se dio cuenta que ahora las comprendía mejor que nunca. «Las cuarenta» volvió a sonar. Se dijo que allí estaba perdiendo el tiempo; apuró la cerveza pensando que por lo menos algo de alimenticio tenía. Se despidió del ecuatoriano y las mujeres y salió.

Se adentró en el barrio por calles cada vez más obscuras, por barras y tascas de donde salían canciones flamencas y gritos de «joder, macho». Cuando dobló una esquina vio que en su dirección venía un grupo de marineros borrachos. Aminoró el paso. Al pasar a su lado, uno de ellos se le quedó mirando fijamente. Era rubio, alto, fornido, de unos treinta y cinco años, con ojos de un azul prístino. Carlos Alberto le sonrió y siguió caminando. El marino le llamó: «Hola, amigo. *Do you wanna join us?*». Carlos Alberto se dio media vuelta. «*Sure.*» «*Atta boy.* ¿Habla inglés?» «*I do*», le contestó Carlos Alberto. El marinero le pasó el brazo por los hombros y le dio un beso en la mejilla. «*Great!*», dijo.

El marino se llamaba Joe. Él y sus tres camaradas habían desembarcado esa misma tarde pues tenían el día libre. Debían regresar al barco a las cinco de la mañana, les pasarían revista a las siete y a las nueve zarparían. Joe le presentó a sus amigos.

Dos calles más arriba, cerca de la estatua de Berenguer, el conde de Barcelona, se toparon con un bar al estilo americano en donde se escuchaba música disco y estaba provisto de aire acondicionado. «*This place is great, babe! Let's have some fun*», dijo Joe.

Se sentaron a la barra, y los otros marineros se dispersaron por el bar entablando conversación con muchachos jóvenes y hermosos, de vaqueros ceñidos y piel bronceada, que estaban apostados por todos los rincones. Joe le compró un Scotch con agua y empezó a besarlo apasionadamente, restregándole la lengua por la cara, mientras le agarraba las entrepiernas con una mano y el trasero con la otra. Carlos Alberto sintió que se estaba asfixiando y se apartó avergonzado. *«You're too much, d'you know that?»*, le dijo tratando de controlar su timidez. «Estás muy borracho, Joe.» «Nada, nada, estoy mucho bueno.» Carlos Alberto se sonrió y se bebió el trago de un tirón. Pensó en lo que diría Xavier si le viera ahora. «¿No querías España? Bueno, come España», le diría y terminarían riéndose. Si no fuera por el humor que aún conservaban ya estuvieran locos o se hubieran matado hacía mucho tiempo. «¿No querías España? Bueno, come España.»

—Joe, hay algo que debo decirte antes de que...

—¿Que eres un chulo? *No problem!*

—Es que no he comido...

—No problema—le interrumpió Joe. —Yo tener dinero. Yo dar dinero a ti. No problema.

Carlos Alberto respiró aliviado. Por lo menos mañana tendrían algo de comer.

—Vamos a mi hostal. Allí podremos hacer el amor.

—*O.K., babe!* Y dirigiéndose a sus amigos: —*Bye-bye guys. See you later.*

Joe y Carlos Alberto subieron las escaleras de la Alondra. Las luces de la recepción estaban apagadas, con excepción de una lamparita en el escritorio. Carlos Alberto le indicó a Joe que se quedara detrás de la puerta de entrada hasta que él consiguiera la llave de la pieza y le avisara. El recepcionista estaba dormitando. Carlos Alberto alcanzó la llave sin hacer ruido y llamó a Joe quien vino en puntillas, tapándose la boca para contener una risa nerviosa.

Entraron en la habitación, Carlos Alberto cerró la puerta silenciosamente y encendió la luz. Joe, como movido por un resorte, la volvió a apagar.

Al principio, de pie los besos, los abrazos mutuos, las entrepiernas restregadas, la contundencia de los penes erectos bajo las ropas acrecentando la lujuria de ambos, mordisqueo de orejas y de cuellos, manos que recorren los muslos ahora tensos, heridos por la aguda espina del deseo, sin anunciarse llega el mordisco centelleante que rompe los labios de Carlos Alberto, y con él, el grito herido, la rabia, el terror y luego, el empujón certero que le hace caer sobre la cama, las bofetadas y la mano potente, firme, tapándole la boca y el crujido de la franela que se rasga, la mordaza que le calla, el vuelco del cuerpo, las manos que le atan, el miedo y el pánico y la asfixia y el gemido, largo, interminable, el gemido, y el cuerpo que trata de incorporarse con el último esfuerzo, que se desgonza, cae abatido, las bermudas que se rompen, los azotes en las nalgas desgarrándole la carne, la lengua arrastrándose en la espalda, los dientes mordiendo los glúteos inmisericordemente, y de repente el pene, enorme y grueso y blanco y rosado como porcelana china, la lengua inquieta, bífida, rebuscando el ano, y de improviso el golpe, el grito ahogado, el recto penetrado, los gemidos y el movimiento agresor, acelerado, destruyendo los tejidos, y la sangre saliendo a borbotones, el estertor, el ronquido, la asfixia, el llanto, la aguda espina del deseo ahora satisfecha, finalmente desplomándose con el último suspiro.

—*Top of the world, babe*—dijo Joe con la voz entre-cortada.

Eran exactamente las cinco de la mañana cuando Xavier atravesaba la Calle del Vidrio. La madrugada estaba fresca y finas gotas de rocío le humedecían el rostro. El cielo se veía despejado, teñido de un azul índigo, sin luna y con escasas estrellas, y tan sólo al oriente una emanación blancuzca formaba una línea difusa que anunciaba el alba.

Xavier entró a la Alondra y buscó la llave en la pared de la recepción. El viejo seguía dormitando. Al no ver la llave en el gancho número siete se fue directamente a la habitación. Ya en la puerta se dio cuenta que estaba en-tornada y la abrió lentamente, pero cuando vio a Carlos Alberto desnudo, bocabajo, con las muñecas amarradas en la espalda, las sábanas manchadas de sangre, la espalda marcada de rejazos y el cuerpo inerte, empujó la puerta de un golpe.

—Carlos Alberto, Carlos Alberto. Qué pasa, mi hermano. Contéstame, Carlos Alberto—dijo abalanzán-dose sobre la cama, sacudiéndole.

Carlos Alberto empezó a gemir. Xavier le soltó la mordaza, alcanzó una toalla y le limpió el cuerpo.

Carlos Alberto se puso a llorar inconteniblemente mientras trataba de reconstruir con una coherencia que cada vez se le hacía más difícil de encontrar las peripecias de aquella noche infausta.

—Creí que me iba a matar, el malparido—terminó diciendo entre sollozos.

—Ya, cálmate, ya pasó todo, afortunadamente—le dijo, acariciándole la cabeza.

—Mira—dijo de pronto Carlos Alberto, señalando la mesa de noche—. Me dejó veinte dólares. Por lo menos tendremos con qué bandearnos por un par de días.

—Por lo menos—. Hizo una pausa y añadió con sorna—. Carlitos, ¿y no querías España? Bueno, come España.

Se abrazaron riéndose convulsivamente y sólo la luz del aviso de neón del bar de enfrente dejaba ver de vez en cuando las lágrimas que rodaban por las mejillas de ambos.

El rostro evanescente

Y YO AQUÍ MURIÉNDOME en la pestilencia de las sábanas empapadas, mi cuerpo enjuto y deformado hundido en ellas, las paredes repletas de manchas grises que no logro descifrar, fotografías de personas que a lo mejor alguna vez fueron, que no reconozco ahora, posiblemente rezagadas en los recovecos anquilosados del recuerdo, esas caras monstruosas, grotescas y cómicas que me rodean llorando, descansar, quiero descansar, quiénes son, por qué me miran perplejos como si acaso no supieran que tengo, que ya es hora de que muera, esos rostros que me atosigan fingiendo desconcierto, acaso no saben que yo sé, con pañuelos húmedos de colonia para evitar el olor nauseabundo que se escapa de mi cuerpo, morir ahora, descansar quizá, gritar quisiera, decirles que me dejen, inútil tratar de acompañarme ahora cuando desde hacía mucho tiempo me habían abandonado, inútil llorar ahora, pedirme perdón desde lejos, inútil recoger los pasos extraviados, recuperar mi lozana sonrisa de otros tiempos, absurdo implorarme perdón en el último momento, poder gritarles hijos-de-puta, pero en cambio sólo me chorrea una baba amarillenta de los labios, y ahora esa figura obscura con incienso que me dice palabras que no entiendo, que me unta la frente y los ojos con algo más hediondo que mi cuerpo, que me empuja entre los dientes carcomidos una oblea pequeñísima que rechazo, porque he perdido el apetito, porque morir deseo y recoger mis pasos, y entonces abro la boca con el último suspiro, y les chillo en sus caras, «Lárguense, carajo, déjenme sola de una vez por todas, quiero estar sola con mis pensamientos».

LA HORA ES IMPRECISA. Los documentos son contradictorios. Los periódicos de la época señalan a María Leonor Palau como una de las señoritas «más prestantes de la sociedad barranquillera». Dotada de talentos musicales, como el resto de su familia, era costumbre encontrar a María Leonor rodeada de sus hermanas, entonando los danzones de moda que habían escuchado días antes en las transmisiones de la CMQ de La Habana y que ellas ensayaban, haciendo uso del tiple y del piano de cola en aquel caserón del Bulevar del Águila, hasta perfeccionarlos. Tal vez fue en el '27 ó el '28 cuando conoció a Javier Esteban y a su hermana Rosibel.

«ALGO DELICIOSO SUCEDIÓ ayer durante mi visita a casa de los Paternostro. Mientras ensayábamos "Allá en la Siria, hay una mora... ", tratando de adaptarlo para las festividades del reinado de mi hermana María Helena para los próximos carnavales de Santa Marta, algo así como "Cuándo volverá, María Helena, cuándo volverá... a Cartagena", por el portal entraron dos seres celestiales. Luego supe que eran los hermanos Elizondo. Él, Javier Esteban, no hizo sino cortejarme toda la tarde, tanto así que no sé lo que dirá papá cuando la chismosa de Alejandra le vaya con el cuento. Pero fue ella, Rosibel, la hermana, quien enseguida me encantó. Hay algo extremadamente sensual en su piel trigueña, resaltada por el hermoso lunar en el pómulo izquierdo, y en sus cabellos negros y ondulados. Tenme aquí... si fuera necesario festejar mi presentación en sociedad. Papá insiste que así lo haga, que a los dieciocho años debo asistir a la fiesta de San Silvestre en el Club Barranquilla. Es la única forma de liberarme de la compañía obligatoria de Alejandra a todas las fiestas a las que me invitan. Ya no necesito chaperona, quiero ser libre, libre... ¡ah! ... presta acá. Rosibel Elizondo... ¡qué hermosura! ... definitivamente no entiendo esta desazón que me causa su presencia.

«Hoy he vuelto a verla en el té del country y cuando me sonrió sentí que me derretía por dentro. Esos dientes perfectos, ese cuerpo sinuoso inigualable.»

AL PARECER FUE TODO UN ÉXITO esa fiesta de fin de año en el Club Barranquilla. Ya en 1929 se habla del regreso del hermano mayor de María Leonor, Mario Alfonso Palau y Jimeno, a Barranquilla luego de una larga estadía en los Estados Unidos y México. Parece que los dos hermanos conservaron una gran amistad a lo largo de sus vidas. Me cuenta un amigo de ellos, testigo ocular de esa relación en varias ocasiones, que mientras María Leonor tocaba el tiple, Mario Alfonso la acompañaba al piano.

En 1932 el bando del Carnaval de Barranquilla es leído por el alcalde, proclamando a María Leonor como «Reina de las festividades de Momo», y una de las primeras ordenanzas de la nueva reina fue el elegir a Rosibel Elizondo como «única princesa de mi reino». En la Batalla de Flores, en el Country Club, en el Club Barranquilla, Rosibel y María Leonor son inseparables.

«31 DE DICIEMBRE DE 1.931. Mientras nos acicalábamos para la fiesta del club, no pude contenerme más y le dije a Rosibel que la amaba. El momento fue muy confuso. Farfulló algo mientras se sonrojaba, y al tratar de darle un beso me apartó más asustada que enojada. Pero todo fue en vano.

«Antes de partir, logré convencerla que se cambiara de traje y nos recostamos brevemente en mi cama. Todas mis hermanas estaban ocupadas con sus respectivos preparativos y no se dieron cuenta de nada. Un beso selló nuestro amor.»

Sin embargo, la revista *Civilización* habla del compromiso matrimonial de María Leonor con Javier Esteban Elizondo en una reseña social de marzo del '32. En la gráfica aparecen ellos rodeados de Rosibel y Mario Alfonso Palau y Jimeno.

«28 ENERO DE 1.932. Cómo es de efímero el amor. Y yo que pensaba que Rosibel me amaría para siempre. Si no fuera por lo mucho que quiero a mi hermano jamás le perdonaría su traición. Ahora sólo me queda aceptarle la propuesta de matrimonio a Javier Esteban para complacer a mi papá. ¡Maldita sea mi suerte! ¿Qué otra alternativa me queda? ¿Seguir bajo la tutela de mi padre y convertirme en "señorita vieja"?»

Todo apunta en ese sentido. No pude encontrar ninguna acta matrimonial con su nombre y sus contemporáneos me aseguran que ella jamás contrajo nupcias. *Civilización* anuncia la cancelación del matrimonio con Javier Esteban «por motivos de salud», participando el viaje de María Leonor a Caracas, a la mansión de su hermana Ligia quien estaba casada con un millonario venezolano, para su recuperación y convalecencia. La revista está fechada 9 de octubre de 1933.

Por otro lado, don Eusebio Miramón, uno de los pocos amigos de María Leonor que aún está vivo, me confirma que su estadía en Caracas fue larga. Bajando el tono de la voz y adoptando un aire confidencial, me dice asimismo que los periódicos de la época optaron por un silencio cortés ante los acontecimientos, aunque las «malas lenguas» volvieron a agitarse cuando Rosibel finalmente terminó con Mario Alfonso y, de la noche a la mañana, se casó con Alfonso Santos Santofimio, un representante a la cámara por el departamento de Cundinamarca. Don Eusebio me insiste que Rosibel renegó de sus relaciones costeñas y que sólo en muy contadas ocasiones regresó de visita a casa de sus padres. «Muchos años después», me informa don Eusebio, «la hermosa Rosibel dejaría de serlo para convertirse en una gorda vieja y chaparra, pero eso sí, millonaria, llegando a ocupar muchos cargos políticos importantes, entre ellos Ministra de Hacienda.»

«15 DE DICIEMBRE DE 1.933. Mi vida no tiene sentido. ¿Para qué seguir engañándome? Las noches deliciosas pasadas con Rosibel serán siempre inolvidables. ¿Cómo acostumbrarme a la ausencia de sus palabras tiernas, cariñosas, qué hacer sin sus caricias infantiles? Creo que jamás podré sobreponerme. Jamás seré capaz de volver a amar.»

NO OBSTANTE *La prensa* registra el regreso de María Leonor, el 6 de julio de 1940, con bombos y platillos. La gráfica, tomada en el aeropuerto de la Scadta, en las cercanías de la población de Soledad, muestra a una María Leonor hermosísima, con un cuerpo espigado y luciendo una linda pava de paja. La acompañan sus padres, don Ramón Palau y doña Graciela Jimeno de Palau, y una muchacha sonriente que el pie de foto registra como «la espiritual señorita Babette Fournier, perteneciente a la más rancia aristocracia caraqueña y enfermera graduada de la Universidad de Columbia».

El hogar de los Palau volvió a iluminarse. Todos los hermanos y hermanas de María Leonor se habían casado durante su ausencia y habían establecido sus residencias en diferentes ciudades de Colombia y del exterior, excepto Mario Alfonso quien brindó una recepción en el Club Barranquilla para festejar el regreso de «la hermana pródiga», como éste la tildó, bromeando, me informa don Eusebio. Don Ramón no escatimó medios para lograr establecer de nuevo a María Leonor en la «sociedad» barranquillera.

Y en efecto, lo logró. Ya nadie comentaba sobre la ruptura del compromiso, ni de los amores sospechosos con Rosibel Elizondo. Don Eusebio insiste que Babette era tan femenina como María Leonor, pero que de todas formas esas «relaciones particulares», como él las llamó, no se discutían en corrillos sociales. Lo cierto fue que Babette vino a formar parte del hogar Palau y Jimeno durante toda la década del '40, ejerciendo eficientemente su profesión de enfermera e incluso ayudando a dar a luz a Adela Esther, la esposa de su querido hermano Mario Alfonso.

«9 DE DICIEMBRE DE 1.948. Cuán lejos queda todo después de tantos años. Nunca había sido tan feliz. Babette representa para mí todo, el gran amor de mi vida. Qué diferencia ante aquella atracción juvenil que sentía por Rosibel, con sus tonterías y malacrianzas de niña consentida. Babette, por el contrario, me brinda toda el amor que necesito. Un amor de madurez en donde las pequeñas entregas conforman la dicha cuotidiana.

«Hoy fue, por ejemplo, un día muy especial. Mi cuñada, Adela Esther, dio a luz a un hermoso niño. Babette asistió al doctor Desmoineaux en el parto y, si no hubiera sido por ellos, el niño se hubiera asfixiado. Parece que no podía respirar y el doctor le pidió a Babette que trajera corriendo una ponchera de agua helada. El doctor agarró al niño por los talones y lo zambulló de cabeza de manera que a los pocos segundos empezó a chillar inconsolablemente. De todas formas se le fue al instante ese color morado que tenía y pasó, a Dios gracias, el peligro. Yo lo tomé entre mis brazos y sólo logré que se calmara cuando lo llevé al patio, en donde Mario Alfonso tiene su sala de cine descubierta y me senté en la primera fila. Estaban pasando *La heredera*. El nene se quedó mirando la cara gigantesca de Montgomery Clift y se calló en el acto.

«Por su lado, Mario Alfonso tenía los ojos llenos de lágrimas y no dejaba de abrazar al doctor Desmoineaux dándole las gracias, y de repente me dijo: "Tú serás la madrina, María Leonor, mi hermana preferida". Y al doctor, agarrándole por el brazo: "Gracias por haberle salvado la vida. Llevará su nombre—Jorge Miguel".

«Entonces le entregué el nene a Adela Esther. Todos llorábamos de la alegría y en semejante zaperoco Babette y yo nos abrazamos. Se veía radiante... bellísima.»

DON EUSEBIO ME CONFIRMÓ que Babette se fue a Venezuela en el '52 y no regresó jamás a Barranquilla. Se supo que en ese entonces un hombre prominente de Medellín, durante las celebraciones de las Bodas de Diamante de don Ramón y doña Graciela, pidió la mano de María Leonor en matrimonio pero que ésta declinó la oferta sin ninguna explicación. Don Ramón se disgustó tanto que se retiró del club a eso de las nueve y se comentó, al día siguiente, que la discusión al parecer había sido mayor pues las voces de Babette, don Ramón y María Leonor se escuchaban alteradas por todo el vecindario. Al día siguiente Babette hizo sus maletas y se marchó a Caracas.

En el grupo de pintores que conocí una noche en Bellas Artes se comenta sobre esta ruptura y de las relaciones que María Leonor tuvo más tarde. Todos insisten que María Leonor Palau y Jimeno era una mujer de principios.

—Si te dije que nunca pensé en casarme con ese hombre debieras haberme creído.

—Pero Marilé, no entiendes que estaba celosa, perdóname... esa carta suya...

—Aquí la tienes, ni siquiera me digné a abrirla—la interrumpe, mientras rompe el sobre en mil pedazos. —No soporto la desconfianza. Luego de tantos años juntas debieras saber que nunca digo una mentira.

—Perdóname, Marilé, mi amor... empezaremos de nuevo en Venezuela... por lo que más quieras... ya verás que todo será distinto...

—Lo siento, pero es una cuestión de principios—le responde con una sonrisa forzada, arrojando los pedazos de la carta en el excusado.

Los detalles de esta ruptura me los ha contado Madelina, una mujer delgada, de cabellos entrecanos y edad incierta. Sobre la mesa de dibujo ha puesto su pamela italiana y sorbe con placer un refresco de lulo.

—Yo la amé profundamente. Cuando la conocí, ella acababa de terminar con Babette y no confiaba en nadie. Se mostraba hosca y era difícil acercársele. Pero yo insistí y al final se dio por vencida. Fueron cinco años intensos que me marcaron para siempre.

Madelina recoge la paleta y empieza a dar pinceladas sobre un lienzo grande en donde ya había dibujado a una mujer de cabellera negra sentada sobre un banco tocando una guitarra. Las piernas son perfectas y la atmósfera que la rodea parece transvasada de un bar privado: los colores ocres se diluyen en remolinos de rojos y grises que lindan en la abstracción.

—Un día se ganó dos quintos de lotería y sin decirle nada a nadie me regaló uno de ellos. Hace treinta años cinco mil pesos eran una fortuna. Ella sabía que estaba necesitada y me los regaló sin pensarlo dos veces—dice y arroja el pincel contra la pared. —Pero todo se acabó al morir el padre cuando se fue por un tiempo a los Estados Unidos. Yo no podía acompañarla. Tenía que continuar con mis exposiciones, enseñar, hacerme un nombre. Soñaba con hacerme famosa... nos queríamos pero ya no nos amábamos. Y se fue.

AL MORIR DON RAMÓN EN 1956, María Leonor heredó una suma considerable que le permitió una vida más independiente. Sin embargo, siguió viviendo al lado de su madre aunque no ya en aquella mansión solariega del viejo Prado sino en una casa modesta que se acomodaba más a la nueva vida de las dos mujeres. Una vez instaladas en el barrio El Porvenir, doña Graciela decidió que ya era hora de visitar a sus hijas que vivían en el exterior y, junto con María Leonor, se fueron en una gira que duró más de un año, al cabo del cual se vieron en la obligación de regresar porque Socorro, una de las hermanas mayores, había decidido entablarle un pleito a doña Graciela por lo de la herencia que ella consideraba injusta: don Ramón le había dejado más dinero a María Leonor, la única hija soltera, en lo que los abogados llamaban «la cuarta libre disposición».

Todos estos contratiempos y deslealtades fueron decepcionando a María Leonor que no concebía cómo una hija podía demandar a su propia madre. «Es una cuestión de principios.»

Luego de un cáncer que la hizo sufrir durante un año, doña Graciela finalmente descansó el 3 de mayo de 1964. No acababan de velarla cuando Matilde, la hija que vivía en Bogotá, decidió reclamar para ella toda la platería y las vajillas de los Palau y Jimeno, yendo en contra de las específicas instrucciones que había dejado doña Graciela. No dispuesta a pelear por sus derechos, María Leonor desbarató la residencia en el Porvenir y se fue a vivir con su hermano Mario Alfonso y su familia.

Ella decidió entregarle a un primo el manejo de sus dineros. Éste los invirtió en negocios que no ofrecían mucha seguridad aunque prometían grandes dividendos, hasta que un día María Leonor descubrió que estaba prácticamente en bancarrota, si no fuera por una modesta suma en acciones de las Acerías Paz del Río, que aún conservaba de la herencia de su padre, y por la generosidad de sus mejores amigas Claudia y Diana, propietarias de la mejor discoteca de Barranquilla.

Fue entonces cuando se dedicó a una vida bohemia intensa con amigas de diversa índole procedentes de distintos estratos sociales, pasando largas temporadas en Miami en casa de sobrinas y hermanas aunque siempre regresaba a Barranquilla.

Cuando su hermano la vio llegar amanecida y con unos tragos de más por primera vez en su vida, la regañó, diciéndole: «María Leonor, no puedo creerlo. Nunca he visto cosa semejante». Ella se lo quedó mirando y con mucha dulzura le contestó: «Y lo que te falta por ver, Marito, y lo que te falta por ver».

En 1966 murió su adorado hermano Mario Alfonso y con él se fue el último contacto que tenía con un mundo cálido y seguro, aunque siguió viviendo con su cuñada Adela Esther y Jorge Miguel, su hijo.

A finales de los años setenta, un pequeño grupo de artistas y escritores la acogió en su seno y poco a poco se fue convirtiendo en una especie de institución, en una diva reverenciada por la nueva generación, hasta culminar con su elección como reina de la *intelligentsia* barranquillera en el Bar Cipango un memorable domingo de carnaval.

Don Eusebio insiste que ya para esa época se notaban los «síntomas patognomónicos», como él los llama, de la terrible enfermedad que acabaría con ella. No pocas veces se sumía en animada tertulia con amigos y conocidos en El Cipango, y de repente, sin que nadie se hubiera percatado, empezaba a divagar sin derrotero definido en su mente. Otras veces no reconocía en la calle a personas que la saludaban cariñosamente y con quienes había departido la noche anterior.

A medida que la arteriosclerosis la iba invadiendo (atestiguan algunas personas jóvenes a quienes entrevisté en El Cipango en 1985 y que obviamente deberían de andar por los treinta años), su espigada figura (que había logrado mantener exacta con el paso del tiempo) se fue engordando, sus alheñados cabellos no se los volvió a teñir ni se molestaba ya en ocultarse las canas con los no menos famosos y estrambóticos turbantes, y descuidó, en general, su aseo personal: una mujer que olía siempre delicioso, afirma don Eusebio, con sus perfumes franceses que despedían aromas de «lirios enfadados».

Deambulaba entonces por las calles sin rumbo definido y su piel, extremadamente blanca y no acostumbrada a recibir el abrasante sol barranquillero de las doce del día, se fue ampollando hasta que un día no la volvieron a ver más por las calles del barrio El Prado.

La familia de su hermano Mario Alfonso decidió que lo mejor era internarla en un pequeño y privado ancianato en donde pudieran brindarle la atención constante que tanto necesitaba y merecía. Allí hizo migas con otra viejita, Luz Estela, solterona como ella, que no se separaba de su lado. Cuando la sacaban de visita a la casa de Adela Esther, regresaba más desorientada, para encontrar a Luz Estela llorando en la terraza de la caserona, sosteniendo un ramo de flores de La Habana que había recogido ella misma para celebrar el regreso de María Leonor. Se despedían de los sobrinos e ingresaban abrazadas a aquel ancianato que era el hogar de ambas.

Un día de agosto después de un temporal, cuando el jardín del ancianato se inundó con los arroyos que corrían desbocados por el pavimento, Luz Estela se quebró la cadera al tratar de recoger las rosas del rosal para decorar la alcoba de su amiga. Nunca se recuperó de la caída y a los pocos meses murió en los brazos de María Leonor, quien decidió que ya no valía la pena seguir viviendo sin ella y comenzó su breve marcha hacia la muerte gritándole improperios a cualquiera que se atreviera a perturbarla.

«DIOS TE SALVE, MARÍA, llena eres de gracia... » Fuera, hijos-de-puta, fuera he dicho, no necesito sus palabras de consuelo, sus caras compungidas, sus pañuelos perfumados, su compasión hipócrita. Hoy estoy sola y sola he de quedarme ahora y siempre. No quiero verlos implorando, no quiero rezos desabridos, ni latinajos maldicientes. ¿Acaso no me entienden? Quiero quedarme sola, recoger mis pasos, déjenme sola de una vez por todas, quiero estar sola con mis pensamientos.

El escritor que nunca aprendió a escribir

¡Qué aguaje el que se daba, el pobrecito! Cuando terminé el bachillerato era redactor de un diario de provincia y si no fuera por mi amigo Saulo, que había estudiado en el mismo colegio que él, no me hubiera enterado de su existencia. Saulo y yo estudiábamos medicina en Cartagena de Indias y un día me dijo que el escritor de turno en nuestras conferencias habituales de los viernes en el paraninfo de la universidad iba a ser dictada por Álvaro Reyna Pérez. «¿Por quién?», le dije sin mala leche porque de verdad no tenía ni idea quién pudiera ser. Los conferencistas anteriores habían sido Carlos Pellicer de México y Jorge Zalamea de Colombia. De modo que cuando me mencionó a Reyna Pérez me quedé en la luna de Valencia. «Cuando yo estaba en primero de bachillerato Álvaro estaba en sexto. Era de los grandes. Aunque nunca fui amigo de él, comencé a leer sus críticas de cine cuando empezó a trabajar en *La prensa*.» Vaya y pase, pensé. Habrá que oírlo.

Los viernes a las cuatro de la tarde teníamos esas conferencias. Para nosotros era un rito de iniciación. A Saulo y a mí nos encantaba el cine, la literatura, la música, las artes y los idiomas. Mientras Saulo se pasaba las noches practicando en el coro de la universidad, yo las gastaba ensayando con el Maestro Pachón y su grupo *La cantante calva* de Ionesco y *Micenas* de Antonio Montaña.

De modo que ese viernes nos fuimos a oír a Reyna Pérez al paraninfo. Regordete, chaparro, feo y con los dientes de la mitad separados por un hoyete, Reyna me pareció la encarnación del menso. Hablaba con una pasión estudiada sobre Elizabeth Taylor y su *De repente, el último verano*. Con insoportables amaneramientos, decía que se había escapado una tarde de sus clases de estudiante en el Colegio San Agapito para ir al Cine Metro a ver la película. «¡Sublime!», recalcaba con ardor. «En esa película, la Liz estaba sublime.» No me tocó sino soltar una carcajada que mis vecinos de auditorio no aceptaron con paciencia.

«Es un imbécil», le espeté a Saulo mientras íbamos en el bus rumbo a Barranquilla. «Escribe mejor de lo que habla, Carlos», me dijo. «Léelo en *La prensa*. Además, es íntimo de Alfredo Carrizales.» Saulo y yo admirábamos a Alfredo y asistíamos religiosamente a su cine club los martes por la noche. «Dale tiempo al tiempo», añadió.

Y entonces leí sus reseñas con saña. Porque eso era lo que eran: reseñas. Plagadas de clichés, mala ortografía y peor sintaxis, las llamadas «críticas» no tenían ningún asidero intelectual ni ideológico; eran masturbaciones mentales que no iban a ninguna parte. Además de la imprecisión de los datos, cosa que nunca pude entender. ¿Era desidia o simple estupidez? ¿Qué trabajo le costaba extender el brazo y consultar una enciclopedia? Invariablemente escribía «Guillo» por Gillo Pontecorvo y una vez reportó la muerte de Mick Jagger cuando en realidad había sido Brian Jones quien se había ahogado en una piscina. Y más recientemente, en una emisión a Nueva York, un día reportaba a Bille August como sueco, al siguiente como noruego y al otro día como finlandés, nunca acertando con su verdadera nacionalidad: danés.

Así se lo dije la noche que lo conocí. Yo había comenzado estudios de francés en la Alianza y me había vuelto muy amigo del director del centro. Cuando le conté a éste mi animadversión por Reyna Pérez, quien era uno de sus amigos más preciados desde su llegada a Barranquilla, insistió en que debíamos ser amigos. Por esa razón, organizó una reunión en su apartamento de la Avenida Colombia a la que fuimos Saulo, mi amigo Mauricio, Reyna Pérez y yo. La comida había sido preparada por Michelle, la esposa de Gérard, el director del centro. Se trataba de un guiso exquisito que no he podido volver a probar: *lapin farci*. Y allí estaba Álvaro Reyna Pérez, para mi escozor y desasosiego.

Para él, todas las películas eran «duras y amargas». En medio de los tragos, le dije: «¿Es cierto, Álvaro, que cuando vas de jurado al festival de cine en Cartagena para decidir cuál es la mejor película, coges el celuloide, te lo llevas a la boca, lo pruebas, y la que te sabe más amarga, a ésa le das el premio?». «Cómo eres de malo, Carlos», me contestó, dejándome indefenso. «¿Por qué no escribes algo sobre cine y me lo das?», añadió. «A lo mejor te lo publico en *La prensa*.» En ese entonces ya era jefe de redacción. «Seguro», le contesté sorprendido.

Y el dieciocho de septiembre de 1972 salió mi primera crítica cinematográfica en *La prensa*: «A propósito de *El sordo cielo*» publicada por Reyna Pérez. En ella despotricaba contra un señor español, moralista y pendejo, que no podía entender la homosexualidad. Y pensar que su columna se titulaba «El zoo de cristal», tomado de Tennessee Williams, el escritor homosexual por antonomasia. No hay peor cosa que un homosexual reaccionario o machista. Lo curioso fue que me cortaron la columna, no por censura sino por larga.

Nuestras vidas se tocaron efímeramente. Ya adulto, fundé y dirigí un cine club en Barranquilla y tenía que verme con Reyna Pérez todos los miércoles. Pero de una cosa estoy seguro: la poca cordura lingüística se la daba su esposa Marta. Ella se había licenciado en inglés y, aunque no me consta, le daba a sus escritos algo de coherencia. Me atreviera a decir que ella era la eminencia gris detrás de un Álvaro sin nada de rojo para mostrar la cara.

Uno no sabe cómo lo que hoy hace va a afectarle en el futuro. Y Álvaro Reyna Pérez tuvo hijos con Marta, una mujer inteligente.

Ya había ganado el premio más importante de literatura en Colombia por su primera novela *Pedro, ¡vámonos al mapalé!* ayudado, naturalmente, por amigazos con tintes venecianos. En ella contaba cómo una tribu de guajiros le robaban los hígados a sus víctimas para venderlos en el mercado internacional. A mi regreso de Liberia, Álvaro era un hombre importante. ¡Qué le vachaché!

Pero todo comenzó a marchar mal por su pasión con los escritores del *Boom*. Que si Cortázar, que si Vargas Llosa, que si García Márquez. Marta quería bautizar a sus hijos con nombres cotidianos. Pero Álvaro no. Quería ser original.

Y en contra de las admoniciones de Marta, Álvaro bautizó a su primogénito «Rocamadour». Y luego vino la nena. Marta lloró hasta el amanecer, pero Álvaro la bautizó «Bustrofedona» en homenaje al mulato Cabrera Infante.

Pero como todas las historias de hadas llegan a su fin, Marta no pudo aguantarse a Álvaro. Le había pegado los cachos con una cachaca y, después de todo, ella era el cerebro de la familia. Hay que acordarse que fue ella quien le enseñó la diferencia entre Johnny y Charlie Parker en «El perseguidor».

De modo que la dejaste, pájaro obsceno de la planicie, en busca de caras jóvenes y nuevas, rostros que te ayudaran a continuar con tu triste camino entre las hembras.

Abandonaste a Marta, ¡qué desgracia! Y te volviste viejo y más feo, si eso es concebible. Tuviste más hijos con diversos vientres: Deli, Deli, porque te obnubiló Nueva York; Alfonsina del Mar; Claudia Cayena... qué maravilla, pensaste. «¿Qué piensan ellos?».

¿Te acuerdas de la noche que te descubrieron? Estabas tomándote un frozomal en la Heladería Americana en la Calle San Blas. Todas tus «críticas» eran pagadas por el gerente del Cine Colombia. ¡Qué fenómeno!

Pero Colombia sufre de la enfermedad del olvido. Al comienzo te cerraron las puertas por marrano, pero al cabo de los años más pudo tu tesón que la vulgaridad de un crítico vendido. Y ya te nombraban rapidito jefe de redacción de una revista amarillista, locutor de las grandes emisoras, reportero para los medios de Nueva York. Sobre todo Nueva York. Con tus cortas estadías en ella, le sacaste el jugo en tus columnas: Que si la helada en el Central Park, que si los coches de caballos mirando las hojas rojizas del otoño, que patatín, que patatán.

Este año dijeron que eras uno de los candidatos más «opcionados» (y no sabes cuánto detesto la espuria palabreja) para ocupar el cargo de director de una cadena de televisión. Finalmente pudo más la avaricia que la dignidad; al fin de cuentas, tú tienes alrededor de cien puestos que te brindan más entradas que el de director del canal. Tal vez para alimentar a tu extensa prole. Reportero, columnista, jefe de redacción, crítico, articulista, locutor, presentador de televisión y un largo etcétera. ¿Cómo te iba a quedar tiempo para escribir? Y sin embargo continuabas. No tuviste dignidad y después de

haberle dedicado *Pedro, ¡vámonos al mapalé!* a Alfredo
Carrizales en su primera edición se lo dedicaste luego a
un amigo de turno. Si yo fuera Carrizales estuviera
dichoso, pero se sintió ofendido. Y vino después *Mi casa es
más bonita que la tuya* y era inconcebible cómo escribías
peor que antes. Un profesor «colombianista» te tildó de
haber creado tú solo la «posmodernidad» en Colombia.
¡Qué desastre! Lo que tú creaste fue la mala literatura. Y
con *Sor Fernanda* te luciste; Corín Tellado por lo menos
sabe construir una frase barroca en donde se muestran
las lindezas de lo frívolo. Pero tú, no. Tú eras un caso
único: la ridiculez por antonomasia y mal escrita.

Envejecido prematuramente, tal vez por tantos
devaneos y luchas mujeriles, hoy estás casi calvo y los
pocos pelos que te quedan los tienes canos. Gordo, más feo
que Pantagruel, pontificas en tu torre esmirriada sobre
algo que desconoces por completo.

Pero ayer me enteré que, después de todo, existe la
justicia poética.

En uno de tus viajes a Barranquilla con el objetivo de
visitar a tu extensa prole te salió el tiro por la culata. No
contento con haber bautizado a Rocamadour, Bustrofedona, Deli Deli, Alfonsina del Mar y Claudia Cayena, a
los cachaquitos les pusiste Melquíades de Macondo,
Pichula Cuéllar, Amaranta Úrsula y Bayardo San Román.

Y de verdad que no sentí ninguna compasión cuando
leía lo que te sucedió. En vez de haber escrito *Juan la
verga* le habrías de haber dedicado más tiempo a tus
hijos. Sobre todo, les debías haber concedido el derecho de
cambiar sus absurdos nombres. Pero no. Empecinado que
eres se los negaste. Como empecinado fuiste en seguir
escribiendo malas novelas.

Rumbo al aeropuerto, justo en la Calle Ochenta y cuatro, mejor conocida como «La lengua mojá» por los interminables hidrantes que corren en una ciudad que sufre de sequía, y la Carrera Cincuenta y una B, con el extraño perfil arquitectónico de la Iglesia de la Torcoroma al fondo, tres camperos se interpusieron en tu camino. Te hicieron bajar del taxi y te confrontaron. Rocamadour, Bustrofedona, Deli Deli, Alfonsina del Mar, Claudia Cayena, Melquíades de Macondo, Pichula Cuéllar, Amaranta Ursula y Bayardo San Román te salieron al encuentro. Lo último que oíste fueron sus palabras a coro: «¡Cómo pudiste, papá!» Y enseguida procedieron a devorarte justo como los niños españoles devoran a Sebastián en tu adorada *De repente, el último verano.*

Bajo el adoquín, la playa

L'œuvre d'art ne doit rien prouver.
—André Gide, *en una carta a Jules Renard*

C'est avec les beaux sentiments qu'on fait de la mauvaise littérature.
—André Gide, *Journaux (1935)*

I

Al principio no le di ninguna importancia. Frecuentemente, cuando uno se muda a un nuevo piso se encuentra objetos o papeles que el inquilino anterior ha dejado olvidados, o adrede porque quería deshacerse de ellos y no le quedó tiempo de tirarlos al cubo de la basura. Especialmente cuando se es desordenado como lo son muchos de mis amigos.

Unas cuantas carpetas repletas de papeles mecanografiados, otras tantas libretas de apuntes de ésas que se utilizan para mantener un diario, dos o tres casetes, cartas con sobres sellados en el extranjero: todo sin importancia. Al menos para mí que acababa de llegar de Francia y debía organizarme en el menor tiempo posible antes de que los cursos comenzaran la semana siguiente en la Universidad de Nueva York.

Los fui recogiendo a medida que los fui encontrando y empecé a guardarlos en una de las cajas de cartón en donde habían venido embalados mis libros. Luego la almacené en uno de los armarios pues pensé que su dueño podría reclamarlos en el futuro.

Durante las primeras semanas me he dedicado a conseguir muebles y utensilios de segunda mano en las tiendas de ese tipo que por fortuna abundan en este vecindario. No traigo mucho dinero y debo invertirlo con prudencia: una cama, un escritorio, sábanas, fundas, una almohada, una mesa de noche, unos cuantos platos, vasos y cubiertos, lo básico. Con el tiempo, y el dinero que recibiré mensualmente de la universidad, podré irlo amoblando hasta hacerlo más cómodo, más vivible. Después de todo, éste será mi hogar durante cuatro años.

Tengo que decir ante todo que me llamo Pierre Mergier-Cazola y que tengo treinta y tres años. Nací y me crié en París porque mi padre nunca quiso vivir fuera de su tierra, aunque mi madre, que es española, le insistiera muchas veces que se fueran a vivir a Sudamérica en donde tenía familiares que habían escapado de España cuando lo de Franco. Nunca he llegado a comprender las razones de mi padre para rehusarse a complacer a mi madre; sólo sé que secretamente mi madre sufría ante la certeza de que su mundo se desintegraría por completo con el paso del tiempo. Lo sé porque ella me lo dijo cuando murió mi padre, pero ya era demasiado tarde para volver a comenzar. Sus parientes tropicales ya habían muerto o bien la habían olvidado totalmente, y a los sesenta y dos años es muy difícil querer aventurarse a un mundo desconocido y lejano. Ahora la Costa Brava es su único consuelo; allí veranea, ya que finalmente Franco ha muerto, tratando de reconstruir el pasado a través de sobrinos y primos que nunca antes la habían conocido. «Algo es algo, peor es nada», me decía con una sonrisa repleta de tristeza.

Actualmente se ha quedado viviendo sola en el caserón solariego que nos dejó mi padre, sosteniéndose con una pensión del gobierno. Sus amigos, los que aún están vivos, son todos veteranos del Frente Popular, y se reúnen con ella de cuando en cuando en el *Flore* o en *Les Deux magots* a beber café y vino y a recordar con *saudade*, como dice mi madre, los tiempos de las brigadas y de la Pasionaria, su heroína de la adolescencia. Fue allí, en Barcelona, en donde conoció a mi padre, Alexandre.

Miembro raso de una célula de la juventud comunista, mi padre había llegado secretamente a Sabadell a organizar focos de acción e investido de poderes extraordinarios otorgados por el *Grand Comité*. Ya avanzado en su treintena y veterano del partido, mi padre había recorrido todo el escalafón de base lo cual le proporcionó una posición ahora privilegiada dentro de la organización. Su sueño era el poder y todo apuntaba en ese sentido.

Mi abuelo, don Federico Cazola, un viejo anarquista veterano de la Semana Trágica de Barcelona a principios de siglo, se interesó simultáneamente por la literatura y el anarquismo de una manera casual: un día se enteró que Émile Henry había sido detenido luego de haber puesto una bomba en un café de la Gare St Lazare en venganza por la ejecución del anarquista Vaillant. Henry pasó sus últimos días leyendo *El ingenioso hidalgo don Quijote de la Mancha* hasta el día que subió al cadalso cantando a todo pulmón la tonadilla anarquista, *«Ah ça ira, ça ira, ça ira, tous les bourgeois goût'ront d'la bombe, ah ça ira, ça ira, ça ira, tous les bourgeois on les saut'ra»*. Mi abuelo quiso entonces comprender al personaje, sus móviles, su lucidez y distanciamiento esperando al verdugo, y por eso leyó *El Quijote* siete veces y se hizo miembro de la Confederación Nacional del Trabajo.

Pero en su vejez llegó a convencerse de que los ácratas eran tan ilusos como los demás. Por eso aceptaba las reuniones que Isabel, mi madre, convocaba en Caponata. Más que todo porque si era cierto que al principio se hablaba de política, los encuentros terminaban en acaloradas discusiones literarias. Fue allí que mis padres, Alexandre e Isabel, se conocieron.

No sé por qué estoy contando todo esto; en todo caso no era lo que al principio quería reportar. Aunque creo que es importante que trate de ordenar mi propia historia, de encontrarle un hilo conductor, de dilucidar sus opacidades. ¿Qué mejor forma de lograrlo que escribiéndola? Después de todo quien no sabe pensar no sabe escribir y viceversa. Tal vez de esta forma me ayude a explicarme a mí mismo lo que me está aconteciendo.

Me volví a topar con los papeles abandonados hace tres semanas, cuando me disponía a sacar las herramientas del armario para acabar de darle los últimos retoques al piso. Allí estaba la caja, sellada con gutapercha y con la etiqueta que yo le había pegado: «Papeles ajenos». Me la quedé mirando un instante y sentí una curiosidad malsana... no sé, tal vez abrirla. Pensé que no era correcto, que sería como abrirle la correspondencia a un amigo o a mi madre. Tantas veces me había enorgullecido de no haberlo hecho, de que mi madre me lo hubiera inculcado con su ejemplo. Cerré la puerta del armario pensando que quizá, si no los reclamaban, podría leerlos como si fueran manuscritos hallados en Zaragoza, como si fueran parte de un diario de los tantos que hoy se publican, tan en boga. ¿Y por qué no?

Hace dos semanas que comenzaron los cursos en la universidad. Con la licenciatura en literatura francesa que obtuve en la Sorbona, mis buenas calificaciones y mi conocimiento de varias lenguas romances y el inglés, me dieron una beca en Nueva York para estudiar literatura comparada. Nunca pensé que continuaría con mis estudios luego de haberlos interrumpido hace diez años. El servicio militar, un matrimonio fracasado y estéril, y el resto de los años sobrevividos como traductor comercial en un banco de París contribuyeron a mi indiferencia por los estudios. Alguna vez acaricié la idea de enseñar, pero pronto me di cuenta que ésa sería una carrera equivocada. Nunca he tenido paciencia con los niños. De manera que me dediqué a visitar la Cinemateca, a escribir artículos sobre cine que publicaba una revistilla desconocida que acaso leían treinta personas, y a comer queso y pan y beber vino con mis amigos cuando no teníamos suficiente dinero para el cine y una buena cena. Ninguna gran aspiración; tan sólo las fiestas, los amigos, el cine. Por las mañanas me levantaba con la cabeza más pesada que un leño, me tomaba dos aspirinas y me largaba a traducir cartas comerciales y telegramas que me aburrían hasta el infinito.

Curioso. Nunca me he sentido escritor. Curioso, digo, porque mis amigos iberoamericanos que estudiaban literatura en París se llamaban a sí mismos escritores. Por eso estudiaban letras. Pero yo no. Yo estudié literatura porque quería enseñarla. A duras penas daba abasto con los trabajos y ensayos críticos que debía escribir para mis cursos en la Sorbona. De modo que nunca me consideré escritor. Pero cuando me di cuenta que jamás podría enseñar, que no estaba en mí, toda la fuerza que me había movido desde el bachillerato se paró de repente. De golpe. *Pouf!* Y yo en la mitad de ninguna parte, sin ninguna ambición, nada. Nadine, quizás, y un poco las películas de Godard, un poco de hachís, los amigos, el maldito trabajo. Buena cama, Nadine. Por lo demás, insoportable.

Un día me encontré con ella en el Boulevard St Michel. Iba acompañada de un americano rubio-ojos-azules. Típico. Nos presentó. El tío me dijo que se llamaba Art, no por el arte sino por Arthur, y cuando abrió la boca y nos estrechamos las manos y se sonrió diciéndome «*Enchanté*», el estereotipo se me vino al suelo. Vibraciones las llaman ellos. Quizá. De cualquier manera aquella noche terminamos borrachos cantando a voz en cuello las canciones de Cat Stevens en la *Place de l'alma*, sorprendiendo a los turistas japoneses que salían de un *bateau mouche* y que ahora formaban corros frente a sus autobuses señalándonos con aspavientos y haciéndonos sus pequeñas reverencias. Nuestra conversación debía de sonarles a algarabía: saltábamos indistintamente del francés al inglés al español.

Art estudiaba literatura comparada en Nueva York. Me lo dijo así, de golpe, y me dejó estupefacto. Nunca se me había ocurrido que allí yo podría encontrar una respuesta. Las literaturas, las lenguas, las culturas. Yo, pintado de pies a cabeza. «Ni más que hablar», me dijo. «Pues te vienes a Nueva York. Estoy seguro que una beca no te niegan.» Nueva York. ¡Joder! Aspiré profundamente la calima del Sena.

Felizmente los profesores se acordaban de mí. El profesor Hulot, sobre todo. Estoy seguro que me dieron buenas recomendaciones porque a los dos meses recibí una respuesta de la Universidad de Nueva York. No sólo me ofrecían la beca de estudios sino también un puesto de instructor en el departamento de francés. ¿Y cómo decir que no ante tanta belleza? Me parecía mentira, pero no lo pensé dos veces. A finales del verano pasado tomé un avión y me vine a vivir al piso que Art me había conseguido en el East Village de Nueva York.

Por supuesto que mi madre se enojó al principio, pero qué podía hacer. Al fin la convencí. Lo que yo necesitaba era un cambio y allí tenía la oportunidad en las manos. *« Qui ne risque rien n'a rien ! »* Tal vez ella en el futuro podría vender la casa y venirse a vivir conmigo. «Cuando regreses me encontrarás comiendo malvas por las raíces», me dijo y me abrazó. «Me entierras tú primero, maja», le respondí. Nadine, mi madre y sus camaradas vinieron a despedirme al Charles de Gaulle. Ya me imagino que estarán dando zapatetas de gozo ahora que Mitterand está en el poder. ¡Pobre Isabel de los Desvíos!

Antes dije que nunca pensé en «hacer literatura», pero ahora, curiosamente, luego de haber leído las primeras cuartillas de ese diario abandonado, siento una atracción a poner mis ideas en orden tratando de explicarlo todo. O por lo menos entenderlo y comprenderme. No es narrativa, porque no es ficción. O tal vez sí lo sea. No lo sé. Ordernar el desorden, responder la incógnita, quizá. *Chi sa?* No yo todavía, al menos. Pero allí están: páginas mecanografiadas y notas escritas con tinta violeta. Allí, en el armario, invitándome.

Se lo comenté a Art y se interesó al instante. Quería leerlas, pero me he negado. No por ahora. Sucede algo extraño. Lejanamente siento que hay parte mía en ellos; todavía no sé por qué. No puedo definirlo. Al parecer somos antípodas; ni siquiera la forma de escribir el castellano (ni su vocabulario) se parece al mío. Sólo un presentimiento, una sensación que aparece intermitentemente cuando las recorro. Está allí pero no sé decir dónde. Un-no-sé-qué-en-no-sé-dónde. Puede que todo sea invento mío. No estoy seguro. Pero no quiero que Art las lea; no por ahora. Tal vez más adelante, cuando sepa qué es lo que me está sucediendo.

Diarios no son, en el sentido estricto de la palabra. Al menos no son diarios literarios ni personales, sino una mezcla de ambos. Citas de libros, recortes de periódicos, fotos, transcripciones de sueños, proyectos literarios, números de teléfonos escritos en los márgenes. En algunas ocasiones me doy por vencido ante su letra de hormiga. Ni paleógrafo que fuera, pero sigo. Continúo salteándolas espontáneamente, abrumado ante la cantidad de piezas fragmentadas que no me ofrecen ningún sentido. Brújula que rota furiosa... el imán. ¿Dónde, cómo, qué quiere decirme? Me propuse leer los diarios en orden y dejar el resto para después.

Sin embargo, pocos datos estadísticos he logrado sacar en claro hasta ahora. Deduzco, por ejemplo, que se llama Carlos Alberto Rivadeneira: su nombre está inscrito en todos los diarios con esa penosa tinta violeta que desaparece a retazos. Supongo que es de Colombia, de un lugar llamado Barranquilla, porque lo menciona muchas veces. Habla de un *bildungsroman* que está escribiendo basado en su vida de estudiante en un colegio de jesuitas. Me encuentro con dos páginas repletas de datos sobre novelas escritas en esa tradición. Descubro que siempre ha querido ser escritor aunque su pseudo profesión, como él la llama, de prestidigitador demuestre lo contrario. Hay citas de Gide y de Sartre en francés; también de Salinger y de Joyce Carol Oates, en inglés. Por ello me imagino que conoce esas lenguas. Transcripciones de sueños y comentarios posteriores me indican que su padre murió cuando él cursaba el último año de bachillerato y que su amigo íntimo en el colegio ingresó a la Compañía de Jesús. Otras notas hablan de España y de este piso de la calle doce, en donde ahora se ha quedado solo después de que su amigo Xavier regresara a vivir con su madre en La Florida. Sospecho que tiene treinta años, al menos por una de sus notas que por desgracia no está fechada. Transcribe un verso de Villon que habla de su treintena y luego decide, en un comentario, que no puede aplazar la escritura de su novela. «Basta ya de estudiar los gajes del oficio», escribe. «*Res non verba*» es el lema que ha inscrito en tinta verde encabezando la página. Sólo esto he podido sacar en claro.

Art se me presentó de improviso anoche a visitarme. Vino con su novia. Trajeron un queso *camembert*, tres botellas de Marqués de Riscal y *baguettes* italianas. «Lo que necesitamos *nous autres* cosmopolitas para pasarla bien», me dijo en cuanto entró. Mercedes, su novia, es una chica española que estudia en nuestro departamento. *Pas mal,* pero el licor se le sube pronto a la cabeza. Escuchamos mis discos de Georges Brassens hasta que nos caímos rendidos del sueño. Esta mañana se levantaron de la alfombra y se fueron a trabajar tan campantes. «La pasamos bomba», me dijo Mercedes cuando nos despedimos. «Hay que repetirlo», le contesté sin mucho entusiasmo. Por fortuna no tengo que dictar clases de francés sino hasta las diez de la mañana.

De modo que no he podido regresar a mi caja de cartón. Ahora que me he quedado solo, pienso que puedo hacerlo pero sé lo que me espera. Esta resaca solamente la calma una ducha fría y un par de aspirinas.

II

«Tuta poluta, reina integral y *maconhera* insigne, recibiendo la colonia de brasileños en su sótano de King Street, me invita una noche a que participe de su mundo andrógino e imprevisible. Tuta la puta *tutta* trabándose y trabándonos, comiendo *feijoãda* preparada por ella (corazón grande como una carpa de circo) y bailando *samba* y *bossa nova*, escuchando a Maria Bethânia, *falando português*; se baila y se tira, amigos todos, noches interminables, guayabos negros, aspirinas, *bichas, homens, mulheres,* transexuales, transformistas; enseguida reconocí a Moira, mujer nada, le dije, nada: me mostró su vagina recién fabricada. Y Tuta en el centro, madre eterna y padre bondadoso, refugio.

«No veo a casi nadie estos días, excepto estas noches brasileñas que me están acabando, y tengo miedo, miedo de morirme sin haber terminado la novela. Tengo que romper el círculo, disciplina: temible palabra. Escribir hasta terminar, pero los límites, los conceptos, las opiniones arraigadas de pronto se me borran, se diluyen. Tantas novelas y teorías estudiadas, ¿para nada? Para destruirlas. No puedo permitirme el lujo de escribir una novela inútil, una novela que tan sólo recree las técnicas y las preocupaciones de casi dos siglos explotadas hasta la saciedad. Mover aunque sea un milímetro el gigantesco edificio de la tradición, pero moverlo. Padre Balzac, Nuestro Señor te tenga en Su Santo Reino. Y a todos sus secuaces.»

Me encuentro esta hoja doblada en cuatro guardada en uno de los diarios con una fecha al margen escrita en rojo: 31 de agosto de 1980. La palabra «miedo» (reiterada) está subrayada con la misma tinta. En todo lo que he leído hasta ahora no ha mencionado ninguna enfermedad. Miedo de morir. ¿Por qué?

Al devolver la cuartilla mecanografiada a su sitio, observo un número telefónico escrito al margen de la página: «Xavier de Mena en Orlando, Florida, (305) 555-7908». Xavier. El nombre me suena conocido. Regreso a sus apuntes y veo que le menciona: antes compartían este piso de la calle doce. A lo mejor Xavier pueda ofrecerme más pormenores, pero no me decido a llamarle. Quizás más tarde.

Hojeo las carpetas y noto por primera vez que no sólo contienen cuartillas; hay algunas fotos intercaladas. Una rueda por el suelo y la recojo; en ella veo a un muchacho delgado, con la camisa a medio cerrar, pelo ensortijado, sonriéndole a la cámara. En el reverso hay una nota: «*Ulrik, the (k)night — 1979*». Reviso las otras fotografías que me encuentro; ninguna lleva nota al reverso. En ellas, tres muchachas jóvenes; en otras, Ulrik, de nuevo las muchachas pero esta vez acompañadas de un muchacho mayor que Ulrik, con barbas. Un sobre de papel manila vacío tiene garrapateado algo (una letra que parece escrita por un beodo o por una persona con mal pulso): «Emma Zunz».

Pero ya no me queda tiempo de descifrar el acertijo porque debo correr y atravesar el Village. Art y Mercedes me esperan en la Maison Française. El departamento de literatura comparada ofrece hoy un coctel a los nuevos estudiantes. Miro el reloj: las cuatro de la tarde. *Merde alors!* No tengo tiempo de afeitarme esta barba incipiente. Recojo las carpetas y las meto en la caja de cualquier forma. La dejo allí en el centro de la sala bajo el tragaluz y salgo corriendo dando un portazo.

ACABO DE REGRESAR DE LA FIESTA. Art y Mercedes me presentaron a todos los profesores y a algunos de los estudiantes. Al parecer hay gente interesante en la universidad y creo que no va a ser tan difícil adaptarme a esta nueva vida; todos muy cordiales. Al final nos fuimos un grupo a un bar cercano donde tenían una banda de jazz. ¡Ah! El gusto que me daré viendo en persona a los grandes; jazz en París no deja de ser exótico: discos, algunos conciertos y acaso Monk, *R.I.P.* Pero el resto está aquí, haciendo música en los miles de clubes que abundan por los alrededores. Art me dice que debo tener cuidado cuando camino por las calles tarde en la noche, sobre todo si vengo borracho. Cantidades de atracos suceden todos los días, y a mano armada. Me cuenta que lo peor es que matan si la víctima no lleva dinero consigo. ¡Lo que me faltaba! Yo que no necesito que me ayuden para que me entre la paranoia. Seguiré el consejo de Art y caminaré por la mitad de la calle, volteando constantemente para ver si alguien me sigue.

De pronto se me ocurre una idea: llamar por teléfono al amigo de Carlos Alberto Rivadeneira que se ha mudado a La Florida. Busco el número en los márgenes del diario, pero me es difícil encontrarlo. Sin embargo, al buscarlo me vuelvo a topar con la foto del muchacho barbado... como si me estuviera mirando. Claro, supongo que está mirando a la cámara, pero no importa. El efecto es el mismo. No se está sonriendo, no, aunque una sonrisa sardónica se le ve agazapada en los ojos. Otra vez el sobre de papel manila con el letrero. Emma es un nombre hermoso, ¿pero Zunz? Finalmente encuentro el número. ¿Llamo o no? Me decido.

Marco el número y me contesta una voz femenina que suena como si acabara de despertarse; me doy cuenta de la hora y me excuso. «*No sweat*», me dice. «*Sweat...*», repito. «No tiene importancia», me traduce. Le pregunto por Xavier y me informa que ella es su hermana, pero que él ya no vive allá; se ha regresado a vivir a Nueva York. Le digo que estoy llamando desde Nueva York. «No, no sabía que Xavier estuviera acá. Buscaré su número en la guía telefónica.» Se apresura a interrumpirme; el teléfono es privado y me lo ofrece. Lo anoto al lado del de La Florida y me despido agradeciéndoselo. Tal vez Xavier me pueda ayudar a desentrañar este enigma.

—*May I talk to Xavier, please.*
—*Speaking.*
—Xavier, sé que usted no me conoce. Pero en cierta forma soy amigo de Carlos... Carlos Alberto Rivadeneira.
—No me digas.
—Digo en cierta forma porque nunca le he conocido.
—No me explico cómo...
—Perdone que le interrumpa. Tengo que explicarle. Me llamo Pierre Mergier. He encontrado su número telefónico en uno de los diarios que Carlos Alberto dejó abandonado en su piso.
—¿A cuál apartamento te refieres?
—El del East Village. Según entiendo, ustedes lo compartían.
—El apartamento—dice con una carcajada.
—Yo soy el nuevo inquilino. Eso era lo que quería decirle. Cuando me mudé me encontré con varios documentos que le pertenecen a Carlos Alberto; al parecer los dejó olvidados.
Hay un silencio en el otro extremo de la línea.

—A Carlos Alberto lo mataron.

—¿Perdón?

—Que a Carlos Alberto lo mataron en un atraco. Pensé que su familia había recogido todas sus vainas.

—No sé qué decirle... lo siento.

—Fresco, no te preocupes. Ya me acostumbré a la idea.

—No, de veras, me deja sin palabras.

—*Good ole Charlie!* Nunca terminó su novela, *la* novela, como él decía. ¿Y qué documentos son ésos?

—Cuartillas, diarios, fotos, cartas. Me he tomado la libertad de hojearlos en vista de que nadie venía a recla‐ marlos. Me encontré con el teléfono suyo en La Florida y su hermana me dijo dónde encontrarle.

—Carlos Alberto nunca me habló de ningún diario. Las cuartillas tal vez sean parte de la novela. Sería inte‐ resante leerlas.

—Hay algo en los diarios que me inquieta. No sé cómo explicarlo. Es como si me estuviera hablando directa‐ mente.

—Si te parece bien podemos vernos. ¿Por qué no te pasas el sábado por mi apartamento? Nos tomamos unos cuantos vinillos y hablamos de Carlos Alberto.

—Me parece una gran idea. ¿Se conocían desde hacía mucho tiempo?

—Diez años. Entonces de acuerdo, como dirían uste‐ des los españoles. ¡Qué vaina más rara! Tienes nombre y apellido francés y hablas como español.

—Mi madre es española, pero ésa es otra historia.

—Pues nada, apunta mi dirección. 150 East de la calle 23. En el cuarto piso. El nombre está a la entrada del edi‐ ficio. Digamos tipo siete de la noche.

—Vale. Allí estaré sin falta. Hasta pronto, Xavier.

—Hasta mañana.

Cuelgo el teléfono y me quedo allí sentado barajando las posibilidades. Carlos Alberto Rivadeneira muerto. Me parece increíble, como si hubiera perdido a un amigo de toda la vida. Vuelvo a mirar la fotografía: Ulrik, las muchachas, el barbudo. Se me antoja que ése es Carlos Alberto: los ojos febriles mirando a la nada, al vacío. ¿Acaso presentía su muerte? Me acuerdo de las hojas mecanografiadas y me levanto a buscarlas. Tal vez sean parte de su novela.

Cuando me agacho a recogerlas, siento que la cabeza está a punto de estallar. Las pongo sobre la cama y voy al lavabo; saco dos aspirinas y me las tomo con el agua del grifo haciendo un cuenco con las manos. Me las seco, encendiendo una *gauloise*, recojo las hojas y me siento frente al escritorio a leerlas.

Un rápido vistazo me demuestra que en realidad pertenecen a *la* novela. Pero son apuntes, diálogos y narraciones tachadas sin compasión. En la tapa interna que las contiene leo: «Nueva York, 10 de febrero de 1981: apuntes para la novela de iniciación, Colegio San José». Todo escrito con la ubicua tinta violeta. La primera página trae una cita de *Candide*: «*La visite d'un salon, la conquête d'une belle dame de Paris sont épisodes communs dans les romans de formation.*» Y luego otra de Chéjov, en inglés: "*Don't tell me the moon is shining; show me the glint of light on broken glass.*"

Enseguida empieza con un apunte fechado el día siguiente:

«Acabo de escuchar "Jala-Jala en Puerto Rico" de Richie Ray y Bobby Cruz y, de pronto, toda la atmósfera de La Ceiba se me vino encima: el juego y el contrapunto del piano y las trompetas recreando al instante ese mundo desaparecido para siempre: Mañe, Ramirito, El Speaker, La Charanga, las peleas, las putas, los revólveres y El Mesías.

«La única manera de revivirlo (ya que es imposible volver a estar allí: desapareció, la música se fue, la gente cambió) es recrearlo, construir un edificio verbal que lo fije en la página. Cfr. *Du Côté de chez Swann*.»

Más adelante, una definición: «*Bildungsroman, or novel about upbringing and education, seems to have its origin in Goethe's work* Wilhelm Meisters Lehrjahre *(1796)*». Le sigue una lista de obras: *David Copperfield, Great Expectations, Joan and Peter, The Dream, Tom Brown's School Days, Way of All Flesh, A.M.D.G., Le Grand Meaulnes, Portrait of the Artist as a Young Man, Seventeen, The Bear, Doktor Faustus, Catcher in the Rye, Lord of the Flies* y *La ciudad y los perros*. Escribe: «Leerlas para destruirlas. Cervantes. El que no conoce la tradición está condenado a repetirla».

Abandono las hojas y regreso a los diarios. Tal vez pueda conocerle un poco más ya que nuestros destinos se han negado a cruzarse para siempre.

«18 de abril de 1982: La novela marcha a trompicones, Xavier me ha pedido que lea sus manuscritos y se los revise. *Editing,* como dicen los gringos. Me prometió darme dinero y créditos cuando la publique. Según él ya le han comprado la novela para publicarla en inglés, pero nunca sé hasta qué punto todo lo que me dice es verdad. Le dije que nunca he peleado con los amigos por motivos de dinero, que si lo tiene, bien, y si no, también. Suficiente con la experiencia de España y con la de este apartamento. "Cuando te *friqueas,* te largas, pero no piensas en el que se queda atrás. Linda nota me dejaste. 'No te pongas bravo, pero creo que aquí no puedo escribir mi novela. Te dejo mi teléfono princesa rojo como herencia. Cuídalo. Te veo'." Así, de golpe, sin avisarme. Sólo la nota cuando regresé del trabajo. "Amigos de lejos", le dije, "como barcos piratas." *Let bygones be bygones.* Por lo menos terminó la novela. De todas maneras necesito un descanso. Entre el trabajo y mi novela me estoy enloqueciendo.»

Creo que es necesario que haga una lista de las preguntas que quiero hacerle a Xavier el sábado. ¡Otro escritor más, joder! La cosa se complica. Debo ingeniármelas para llegar a la verdad de las informaciones que me aporte Xavier; esta nota de Carlos Alberto me pone en guardia contra sus mitificaciones. Siento que todo se está convirtiendo en una novela; desgraciadamente con los cursos en la universidad y las clases de francés no me encuentro con ánimos de convertirme en otro Sherlock Holmes.

Cierro el diario y me quedo pensando por un momento cuál sería la mejor forma de mantener un diálogo con Xavier de Mena sin que se pierda el ritmo de una conversación normal. Los apuntes están descartados... ni estenógrafo que fuera. Se me ocurre que el magnetófono tal vez sea la mejor solución. Lo único es que debo estar seguro de que tengo pilas nuevas, una buena casete, mejor dos, y sobre todo que la ponga adentro, no me vaya a pasar lo mismo que me sucedió con la entrevista que le hice a Fassbinder. De modo que deberé pedirle prestado el magnetófono a Art.

Mañana es viernes: no tengo cursos ni debo dictar clases. *Thank God!* La resaca (o el guayabo, como la llama Carlos Alberto) me está matando. Tendré que probar uno de esos cocteles que me recomendó Art. Mañana... mañana será otro día.

III

Un timbre me despierta con su repique insistente. Es Art que me llama desde el teléfono público de la esquina; quiere visitarme y trae consigo todos los ingredientes para prepararnos sus famosos *Bloody Marys*. Le digo que no me siento bien, que tengo náuseas. «Me pasé de copas, *mon ami*.» «Mi *grimoire* me ofrece la receta perfecta para tu estado de ánimo. Un *Bloody Mary* y te sientes como nuevo.» Nada parece detenerle. «*Tu es bien têtu, n'est-ce pas? O.K., you win*. Sube, pero el piso está hecho un desastre.» «*J'y vais*», me dice y cuelga el teléfono.

Me levanto de la cama dando tumbos y me restriego los ojos con agua fría. Hago una gárgara de Listerine mientras me peino; cuando me miro en el espejo no me reconozco. La gárgara se me atraganta y la escupo en el lavabo. No es que no sea yo, pero igual, no me reconozco. A lo mejor sea la barba que me ha crecido en las últimas semanas; nunca antes la había llevado y me hace sentir extraño. El pelo parece un nido de avispas; sólo la ducha podría arreglarlo y ahora no tengo tiempo. Siempre peinándomelo para atrás a instancias de mi madre. Tal vez Nadine tenga razón: un afro no me quedaría mal. Después de todo, siempre he tenido el cabello rizado. Me lo alboroto de cualquier forma y me quedo asombrado de los resultados. Como si fuera otro. Me prometo comprar una peinilla especial de las que venden en el almacén de abajo. El timbre del portero automático me interrumpe los pensamientos. Art. Sólo me queda tiempo para ponerme los pantalones.

Recojo los papeles y diarios del suelo, los pongo sobre la silla del escritorio y tiendo la cama. El timbre de la puerta suena. Art, con una sonrisa en los labios y dos bolsas en las manos, me dice, « *Salut, l'ami.* » « *Salut.* »

—*I've got everything.* Todo lo necesario para quitarte ese *hangover* que te está matando. *Leave it to me.*

—Y tú, ¿no trabajas hoy?

—¿Sabes la hora que es? *I guess not.* Las dos de la tarde. Nada más trabajo en las mañanas. Supongo que tienes hielo.

—Por supuesto. Pero déjame ayudarte.

—Para nada. Tú siéntate y déjame prepararlos.

Le obedezco como un sonámbulo, no sin antes poner un disco de la Piaf. Trato de hacer conversación y lo único que se me ocurre decirle es que Carlos Alberto ha muerto.

—¿Cuál Carlos Alberto?

—Carlos Alberto Rivadeneira. El que escribió los diarios que me encontré en el piso.

—Ah... ese Carlos. ¿Y cómo te enteraste?

—Me encontré con un número telefónico de uno de sus amigos y le llamé. Él me lo dijo. Se llama Xavier de Mena y he quedado con él para el sábado por la tarde.

—Toma y dime cómo te gusta—me dice extendiéndome un vaso con un líquido rojo.

—Cómo te parece.

—¿El qué?

—Cómo te parece. No se dice «cómo te gusta».

—Oh... gracias. Perdóname mi *Spanglish.*

—Gracias a ti, por la copa. Salud.

—*Cheers!*

—Excelente—le digo. —Un poco picante para mi gusto, sin embargo. ¿Por qué le dicen así?

—Por la reina María I Tudor. La tía, como diría Mercedes, perdió la chaveta por un reino y le cogió manía a los protestantes.

—María la sanguinaria. Vale.

—Pero dime un poco, ¿por qué estás tan diferente? Las copas de anoche, ya lo sé, pero es otra cosa. La barba, *that's it!* Ya se lo decía a Mercedes anoche. Ni sombra del que eras la tarde que te conocí en el *Boul' Mich'.*

—¿Crees que me queda bien? Se me ocurre que puedo dejármela.

—Sí, hombre, que te ves muy majo.

—Gracias.

La tarde gira con más Marías sanguinarias, Paco Ibáñez, Serrat, Gillespie, la Piaf. De pronto Art se levanta del suelo y coge uno de los diarios de Carlos Alberto.

—*Your little secret, huh!*

—No, déjalo, hombre.

—Tan sólo una miradita.

—Son los papeles de Carlos Alberto—le explico malhumorado, pero en el instante en que se lo digo, una foto se desliza de la libreta y cae al suelo. Art la recoge.

—¿Y qué hace aquí esta foto tuya rodeada de muchachas tan lindas?

—Que no soy yo, es Carlos Alberto con sus amigos.

—¿Eh? No me negarás que se parece mucho a ti.

—Por la barba... tal vez.

—No sólo por la barba, Pierre. En todo. Míralo tú mismo. Especialmente la expresión en los ojos.

Me incorporo del suelo y le arranco la foto de las manos. Corro al lavabo y me miro en el espejo. ¡Esa mirada!

—Hasta tienes razón... definitivamente hay algo... son los cabellos también, Art. ¿Te diste cuenta que me he cambiado de peinado? Se me ocurrió mientras te esperaba. Pero... algo extraño me sucede. Primero los papeles y los diarios, sentía como si se estuviera dirigiendo a mí, o que yo los hubiera escrito. ¿Puedes creer? No. Es imposible. Escribimos tan distinto. Esta sensación... no sabría cómo explicártela. Y ahora tú con esta foto. Por supuesto que no soy yo.

—No, hombre, por supuesto que no. *Just forget it!* Coincidencias suceden todos los días.

—Pero de eso se trata. No puedo olvidarlo. Toda la noche me la he pasado soñando con los diarios.

Me resiente la forma paternalista con que me da dos palmaditas en el hombro, como si estuviera loco.

—*Suis pas dingue, moi!*—le grito, apartándole la mano con violencia.

—Pues claro que no, Pierre. Tranquilízate.

—Lo siento.

—Olvídalo. ¿No crees que ya es hora que me muestres esos papeles? A lo mejor entre los dos podamos sacar algo en claro.

Le leo mis apuntes (estas páginas) para ponerle al día. Luego le muestro las fotos, el sobre de papel manila, las cartas selladas en Colombia. Sólo las casetes quedan en la caja.

—Emma Zunz. ¡Ajá! Borges escribió un cuento que se llama así.

—Borges. ¡Pero claro! ¿Por qué no me había acordado? ¿Tienes el cuento?

—No, pero te lo consigo mañana en la biblioteca de Mercedes.

—De todas formas eso no explica el sobre. Además, está vacío.

—Tal vez era donde guardaba las fotografías.

—Probablemente. ¿Pero qué tienen que ver Carlos Alberto y sus amigos con un cuento de Borges? No tiene sentido.

Art abre la caja, curioso.

—¿Y estos *cassettes* también eran de él?

—Sí, pero no las he escuchado aún.

—Quita el disco de Ibáñez y ponlos.

—No tengo pasacintas.

—*Dommage!* Me los prestas y los escucho esta noche. Mañana te cuento.

Titubeo un segundo, reacio a desprenderme de ellas.

—De acuerdo—le digo finalmente, entregándoselas.

Ahora mis ojos se posan en los sobres abiertos, pero ya Art ha empezado a hojear los diarios.

—Esto parece interesante—me dice. —Escucha: «¿Cuándo podré tomar un crucero por todas las Antillas? Alguna vez tendré que realizar este sueño, pero lo primero es lo primero. Debo concentrarme y trabajar arduamente para lograr escribir este año lo que me he programado. Si todo sale bien, éste podría ser el comienzo del camino. Los cuentos que van a salir publicados en Colombia, las traducciones de poetas americanos en Venezuela y la pieza que he traducido al inglés y que sale a la cartelera este mes parecen indicarlo. Todos estos años de estudios y sacrificios tienen que empezar a producir. *La commare non è secca, caro!* Recogeré finalmente lo que he sembrado. Y luego, ¿qué? Bien sabes que tus intereses y ambiciones son inagotables: crecen con los desplazamientos. El futuro está en tus manos y voy a lograrlo».

—Curioso el cambio de pronombres en la última oración. Se habla a sí mismo como si fuera otro. *El otro.*

—Por eso es que te sientes incluido.

—Nunca he conocido una persona que creyera tan ciegamente en sí misma. Es una lástima que todo terminara tan mal.

—¿De qué murió?

—Le mataron.

—¿Cómo así que lo mataron? ¿Por qué? ¿Quién?

—Detalles no tengo. Por eso es que me voy a encontrar con su amigo Xavier. Lo único que sé es que le atracaron.

—*Holy shit!* ¿No te lo dije? Hoy matan por cualquier cosa, sin razón, sin motivo. Incluso ya los periódicos han acuñado un nuevo término: *senseless crime.* ¿Te imaginas? Gente esperando el tren en el andén, un desconocido se les acerca por la espalda, lo empuja, cae sobre los rieles y ¡paf! O lo mata el tren o muere electrocutado. *Just like that!* Todas las pesquisas posteriores se hacen en vano: víctima y victimario jamás se habían conocido. Tampoco mandado a matar, no, sólo porque está fastidiado con el mundo y al que le tocó en suerte, ése la paga. ¡Increíble!

—Horror. Pobre Carlos Alberto. Ya nunca podrá terminar su novela.

—Ahora eres tú el que me preocupa. Este barrio no es muy seguro, ya te lo dije. Debes tener mucho pero *mucho* cuidado.

—Creo que no me queda más alternativa que aprender a vivir con el horror.

Nos quedamos mirándonos en silencio por varios segundos, como tratando de sopesar los riesgos y descubriéndonos abrumados por la fragilidad de nuestras posibilidades.

—Es como un regreso a la época de los trágicos griegos—digo finalmente. —Debemos pagar con sangre por los actos de nuestros padres. Ciegos ante un destino vengativo e insaciable.

—A propósito, fíjate lo que dice aquí: «6 de julio de 1979: Sólo hasta ahora he llegado a entender lo que Sartre dijo en la entrevista que dio cuando cumplió ochenta años y que leí cuando vivía en España. "Siempre creí que era inmortal; sólo hasta que cumplí treinta años me di cuenta de mi error." Algo así; "ridículo", me dije. "No puede haberlo creído seriamente." Pero solamente hoy comprendo que no se refería a la inmortalidad de los dioses, sino más bien a la creencia que se puede dominar al destino, que podemos controlar la extensión de nuestras vidas, especialmente cuando se es artista. Siempre creemos que habrá un mañana cuando podremos escribir los libros que viven como fantasmas en nosotros, pidiéndonos el acto de exorcismo, la palabra que los haga carne. Ahora yo también tengo treinta años y esa certeza me ha abandonado por completo. Quizá Proust sea la otra alternativa, la evidencia de la muerte pisándonos los talones y, sin embargo, tener el tesón de escribir y pulir considerando la probabilidad de que mañana no nos despertaremos». ¿Qué tal?

—Ahora entiendo su obsesión con la muerte. Siempre regresa al mismo tema, tanto que creí que estaba enfermo.

—La muerte cancelando las posibilidades de la obra. Me recuerda un poco aquel soneto de Shakespeare, *"Devouring Time"*, que termina diciendo algo así como: *Yet do thy worst, old Time: despite thy wrong, / My love shall in my verse ever live young.*

—¿Te diste cuenta de las cartas?

—Sí. ¿Las leíste?

—Muy por encima. Todas son a Dolores de Rivadeneira. Supongo que es su madre; lo extraño es que no diga viuda de Rivadeneira. En una de sus notas Carlos Alberto habla de la muerte de su padre.

—Hay viudas latinoamericanas que no utilizan el título, si es que puedo llamarlo así. Lo encuentran mórbido y no las culpo. Por lo demás, bien sabes que aquí tampoco se usa.

—He pensado que tal vez pueda escribirle una carta.

—¿Y para qué?

—No lo sé. Tal vez le diría quien soy yo, cómo me encontré los papeles, etc. Xavier me dijo que la familia de Carlos Alberto había recogido sus cosas. ¿No te parece extraño que no se llevaran los diarios?

—Tal vez no los consideraban importantes.

—Sería irónico. Aquí tenemos a este hombre trabajando durante años, tratando de darle forma a su novela, sacrificándolo todo por lo que él consideraba su legado y, al final, todo en polvo convertido. Ni siquiera en polvo enamorado.

—Quizá su madre te pueda responder muchas preguntas, darte otro punto de vista.

—Entonces, ¿sí crees que debo escribirle? ¿No se enojaría?

—No, hombre, triste tal vez, pero no enojada. Escríbele.

—Pues lo haré lo antes posible. Ya te dejaré saber los resultados.

—¿Y quién es ese personaje que vas a ver mañana?

—Se llama Xavier de Mena. Eran amigos desde hacía diez años.

—¿Y qué hace? Quiero decir, ¿en qué trabaja?

—Carlos Alberto habla de una novela de Xavier que va a ser publicada en inglés. Deduzco que es escritor.

—¿Es español? Por el apellido, digo.

—No que yo sepa. Además, el acento es ibero-
americano a menos que sea canario.

—Bueno, éxito en tu empresa de detective privado. Ya
es hora de que parta. *Jesus,* las seis de la tarde. Mercedes
me está esperando para ir a ver *Alice in the Cities.*

—¿La de Wenders?

—Sí. ¿Quieres venir?

—No, gracias. Es extraordinaria. Ya la he visto tres
veces. Además estoy exhausto. Es mejor que me quede
descansando. Tengo que leer cuatro piezas de teatro este
fin de semana.

—De acuerdo. Me llevo los *cassettes.* Te llamo el
domingo.

—Vale. No se te olvide «Emma Zunz».

—No te preocupes.

—Besos a Mercedes y gracias por las Marías Sanguinarias.

—*Don't mention it. Ciao!*

—*Ciao!*

IV

Pierre Mergier-Cazola
350 E. 12th St., Apt. 4D
New York, N.Y. 10008

Señora Doña
Dolores de Rivadeneira
Carrera 49 No. 70-59
Barranquilla, Colombia
Sudamérica

Estimada doña Dolores:

Sé que estará sorprendida al recibir esta carta: la vieja dirección de Carlos Alberto encabezada con un nombre que usted desconoce. Me imagino que estará muy triste por su muerte, y yo, que jamás le conocí, también comparto su tristeza.

Por accidente han llegado a mis manos papeles y diarios que le pertenecían a su hijo. Tengo aproximadamente mes y medio de haber llegado de Francia y, por intermedio de un amigo, conseguí este piso.

Al mudarme encontré desparramados por el suelo sobres con cartas escritas por usted, carpetas, diarios y unas cuantas fotografías. Los guardé sin darles mucha importancia, pensando que su dueño vendría a reclamarlos.

En vista de que nadie apareció las primeras semanas pudo más mi curiosidad que la promesa que me había hecho de no fisgonear vidas ajenas. Un número telefónico que me encontré en los papeles me permitió comunicarme con uno de los amigos de Carlos Alberto (Xavier de Mena), quien a su vez me dio la noticia de su muerte. Esta tarde he quedado con él en su piso; tal vez me pueda ofrecer más datos que me ayuden a salir de este laberinto.

Quiero ante todo pedirle que me perdone por haber leído los escritos de Carlos Alberto y por haberme tomado la libertad de escribirle. Es cierto que la muerte reciente de un ser querido nos impide acostumbrarnos a la idea de su ausencia definitiva. Sé que Carlos Alberto tenía una gran ambición en la vida: ser escritor. Tal vez usted esté interesada en recibir lo que yo he venido a denominar su legado. Si así lo desea, dígamelo y se los enviaré con muchísimo gusto.

Hay algo en sus apuntes que me intriga, doña Dolores. Siendo los antípodas (él, colombiano; yo, francés), habiendo tomado senderos diferentes en la vida, hay, sin embargo, algo que nos identifica y que por accidente nos reúne en Nueva York. Le quiero decir que mi madre es española y por esto estoy tan cerca de la sensibilidad hispánica. Presiento que Carlos Alberto, al igual que yo, conocía varias lenguas. También he observado gustos comunes: ambos tenemos gran respeto por la literatura, aunque las barreras desde donde la apreciemos sean diferentes.

Si usted fuera tan amable en responderme, se lo agradecería muchísimo. Y si no es mucho pedir y se siente en condiciones de hacerlo, me gustaría leer sus sentimientos, sus puntos de vista, en pocas palabras, su versión de la historia.

Por la conversación que sostuve con Xavier de Mena sospecho que tiene usted más hijos; ellos, estoy seguro, le brindarán consuelo. Ante lo irreversible es sabio conformarse. Sepa que yo, vuelvo y le repito, siento como si hubiera conocido a su hijo toda la vida; por eso me atrevo a decir, y usted perdone, que comparto su dolor.

¿Cuántos años tenía cuando murió? ¿Qué explicaciones le dieron cuando vinieron a reclamarle? ¿Qué estudios hizo? Preguntas todas que tal vez parecerán chocantes sobre todo viniendo de un desconocido. Pero si usted es comprensiva, quizá pueda intuir que no lo hago con ningún fin deshonesto.

Ojalá que esta carta no la haya incomodado demasiado hasta el punto de impedirle leer hasta esta línea. Le deseo mucha salud y que encuentre la fortaleza necesaria para sobrellevar esta tragedia. Le ruego que haga extensivo mi sentido pésame a toda su familia.

Reciba un cordial saludo,

(fdo) Pierre Mergier-Cazola

P.S. Mi madre es una mujer mayor que enviudó hace dieciséis años. Yo soy el único familiar cercano que le queda. Como podrá suponer, es fácil para mí identificarme con el dolor suyo imaginándome lo que sería para ella si, por desgracia, yo desapareciera mañana.

Vale.

Acabo de terminar de escribir esta carta tratando de redactarla lo más formalmente posible. Creo que lo he logrado y no ha sido una tarea fácil; nunca antes le había escrito a nadie que no conociera previamente. Por supuesto, cartas comerciales, a las universidades, etc. Pero no es lo mismo. Cartas impersonales son muy fáciles de escribir. Espero que no se moleste por haberlo hecho; sobre todo, que me responda. La pondré en el correo hoy mismo.

No debo olvidarme de comprar las pilas; recoger el magnetófono en el piso de Art y el libro de Borges; comprar asimismo una botella de vino para esta noche; y los libros: sacarlos de la biblioteca de la universidad para estudiar mañana. Los libros, la botella de vino y el magnetófono, todo en el Village. Luego el *subway* de la séptima hasta la veintitrés. Todo programado, todo en orden como a mí me gusta.

Se me olvidaba: debo llevarle una selección de las cuartillas a Xavier de Mena, tal vez el último diario. Hojeando éste me topo con lo siguiente:

«31 de julio de 1982: Hoy cumplo un año que no tiro con nadie; premio de puñeta. Tantas enfermedades que abundan, el sexo se convierte en algo terrible; descubrir después de tantos años que siento el mismo terror que cuando era niño; no ya pecado, porque Dios se me murió en un recodo de no sé cuál camino, pero sí la misma sensación de desarraigo, de que no pertenezco a ninguna parte; por lo menos antes me desahogaba cada dos o tres meses en los "sitios de perdición", como los llama de Mena, pero ya ni eso, sólo emborracharme a muerte en la esquina del bar, viendo descender a las bellezas a su círculo noveno, distante, como no existiendo, muerto, y ellas allí, al alcance de la mano, sardinas hermosísimas pero encerrando, quizás sin saberlo, la enfermedad que las está consumiendo. Polvos con Annette, qué fatalidad... y yo que quería encontrar en ella el refugio: el prepucio me sangró tanto que tuve que botar las sábanas al día siguiente. Y Ulrik desapareció de repente y para siempre. Nunca terminamos la película. Siempre digo que voy a montarla, pero nunca encuentro el dinero para comprar la Moviola. Todo ese grupo (Nina, Gloria, Betsy, Ulrik) se esfumó. Sólo Rolando queda porque vive al lado, pero ya ni siquiera hablamos de *Emma,* el proyecto nunca terminado. En la carreta que los embarqué y al final los dejé en el aire. Creo que ya nunca podré amar a nadie. Sólo la maldita novela sobre mi adolescencia me da energías. ¿Pero cuándo la terminaré? Los cuentos son un respiro. Podría escribir algo sobre este apartamento, ya que estoy de vacaciones. Algo sobre Tompkins Park. Pero el colegio me embrutece; definitivamente ser maestro es una carrera equivocada para mí. *Sonofabitch brats!* Ni sus madres se los maman. Castidad después de viejo, ni cura que fuera. Pero la muerte, allí, acechando, haciéndome guiños...»

Ecco, finalmente! Emma Zunz, the movie. Sólo Rolando queda *porque vive al lado.* Tendré que investigar en el futuro en cuál piso; ahora que baje me fijaré en los nombres del portero automático.

Debo apresurarme. Art y Mercedes y todas esas diligencias me esperan. Recojo el último diario y unas cuantas cuartillas; no importa que estén desordenadas. Aunque sea para darle una idea a Xavier, que no vaya a creer que todo es invento mío.

Cierro la puerta y bajo las escaleras. Ya en la planta baja, recorro los nombres buscando los inquilinos del cuarto. El 4C lo descarto: A. Corelli. Me decido por el 4E: R. Grau. Rolando Grau, no hay duda, tiene que ser ése.

Me lanzo al frío de la tarde.

V

—Impresionante la forma en que te pareces a Carlos Alberto: la misma blancura extrema, la barba, el brillo en los ojos, como si te estuvieras burlando, o pensando lo contrario de lo que dices, o tratando de leer entre líneas; pero siéntate, préstame la gabardina y te la guardo, siéntate, gracias por el vino, Marqués de Riscal, el que tomábamos Carlos Alberto y yo aquí cuando teníamos más plata que de costumbre, nunca en España, ah, los días de España, ésa era otra novela que iba a escribir Carlos Alberto, tal vez yo la escriba, días tenaces de hambre, vendiendo lo poco que teníamos, o empeñándolo, hasta la ropa tuvimos que venderla. Bueno, con la garrafa de vino que tengo, tu Marqués y unas cuantas varetas va a ser mucho más fácil conocernos, hablar de Carlos Alberto. ¿Cómo fue que me dijiste que te llamabas?

—Pierre. Pierre Mergier. Si no le importa, quisiera grabar la conversación, de esa forma no se me escapará nada.

—Si quieres, pero con derecho a veto—responde con una carcajada. —Pero ante todo deja de tratarme de usted, que me envejeces. Nosotros en la Costa raramente lo usamos, tan sólo al principio, mientras cogemos confianza, o cuando es una persona mayor, ¿me explico?

—Con nosotros sucede lo contrario, casi nunca tú. ¿A qué costa se refiere?

—La Costa Atlántica; Barranquilla, para ser más específico. Carlos Alberto y yo nacimos en Barranquilla; él me llevaba unos cuantos meses. Tengo treinta y tres años; Carlos Alberto murió de la misma edad, la edad de Cristo.

Nos conocimos hace diez años, en casa de los Prieto. Tenían una fiesta esa noche, yo no conocía a casi nadie, acababa de llegar de La Florida después de seis años de ausencia. Fui con una amiga, Susan, que casi no hablaba español. La conocía de la universidad. Habíamos estudiado literatura inglesa, nos acabábamos de graduar y fuimos de vacaciones.

Ya yo quería ser escritor. Me habían publicado algunos cuentos en los periódicos de la universidad, y traducciones y artículos en revistas bogotanas. Conocía alguna gente que escribía; nos carteábamos sin conocernos personalmente. Y cuando llegué a Colombia los visité. Fueron ellos los que me llevaron a casa de los Prieto.

Bueno, pues entre tragos, cigarrillos y vareta me hice amigo del grupo de Carlos Alberto, casi todos hablaban inglés y Susan se sentía mejor.

Después nos fuimos a un bar a continuar la parranda. Creo que se llamaba el Bronx Casino. Pura salsa. Los hombres bailando frenéticamente como si ésa fuera la última noche. Hablando con Carlos Alberto descubrí que también escribía: poemas, críticas de cine, cosas así. Lo curioso fue que nos dimos cuenta que habíamos comenzado a escribir de cine en Barranquilla con una semana de diferencia y sobre la misma película: *McCabe & Mrs. Miller*. Ambas críticas las publicó el mismo periódico. Allí comenzó todo. Luego nos vimos casi todos los días, el resto de mis vacaciones, como dos meses.

Más tarde regresé a La Florida a continuar mis estudios, un *Master's* que al fin nunca terminé. Pero volví a menudo a Barranquilla, cada año, a veces hasta dos veces al año; iba con *girl friends* que se enloquecían con las rumbas que armábamos. El grupo de amigos, que al principio se reunía para pasar el tiempo, lo fui encontrando con más cohesión, un popurrí de intereses y profesiones: periodistas, críticos, poetas, pervertidos, cuentistas, arquitectos, abogados, antropólogos, ingenieros, *you name it!* Poco a poco empezaron a hacer cosas: museos, un suplemento literario, cine clubes. Cada año se formaba una orgía en un pueblo cercano, o en una finca, o en el apartamento de uno de ellos, para festejar el aniversario del grupo. Lo llamaban «el sancocho literario».

—¿Sancocho?

—Sancocho es un plato caribe. Una sopa con carne, pollo, yuca, ñame y mucho plátano: un popurrí, como el grupo. Todos habían sido, o eran o querían ser escritores; todos «chicos culturalosos», como los llamaba Carlos Alberto. Empecé a colaborar con ellos en mis visitas y desde lejos, con artículos, traducciones, poemas que les enviaba.

—¿Y Carlos Alberto?

—Carlos Alberto había estudiado una cantidad de vainas pero nunca las terminó. De vez en cuando daba funciones de magia para cumpleaños y primeras comuniones. Le pagaban bien. ¿Sabías que era mago?

—En una de sus notas habla de su seudo profesión, la prestidigitación.

—Le daba dinero para vivir mientras estudiaba.

—¿Y qué estudiaba?

—Cuando lo conocí estudiaba Economía y Derecho al mismo tiempo. Creo que se retiró en tercer año. Al final se sentía en la hoya en Barranquilla, y entonces inventó un viaje a Bogotá con la intención de continuar sus estudios allá, pero después cambió de idea. Pensó que iba a ser la misma mierda.

Carlos Alberto había vivido en Nueva York antes de que yo lo conociera y le sugerí que volviera a Nueva York, pero ya estaba en la nota de irse para Europa, quería vivir en Francia. A la larga se contentó con España pensando que luego podría ir a París.

La última vez que lo vi en Colombia fue en Bogotá, como en el setenta y cinco. Fue a presentarse a los exámenes de admisión para las universidades españolas. En esa época yo trabajaba en Bogotá haciendo varias vainas, escribiendo sobre todo. Él se burlaba que yo tuviera en el pasaporte «Escritor» como profesión. «Pero eso es lo que sé hacer, eso es lo que soy, escritor», le decía. Vino a visitarme una tarde a mi apartamento en la Candelaria y hablamos de España, de su posibilidad de irse. «Si paso los exámenes me largo, no hay tutía.» Nos despedimos con un abrazo y le prometí que iría a verlo a España.

A los pocos meses se fue con el pasaje y quinientos dólares que había reunido vendiendo su equipo de sonido y el resto se lo dieron la familia y los amigos. Yo no pude ir a despedirlo, pero me contaron que la última semana en Barranquilla fue parranda tras parranda. A la última juerga fueron como cien personas, entre ellas *l'Éminence grise* del Partido y el sádico de Salgar; sólo él se daba el lujo de hacer semejantes combinaciones. Me contaron que una amiga le llevó una «papayera» a la casa. Una papayera es como una de esas bandas que tocan en las plazas de los pueblos los domingos por la tarde. Muy folclórico. Y que lo acompañaron al aeropuerto como treinta personas. ¿Metes?

—Sí. Gracias. ¿Qué clase de marihuana es ésta?

—*Gold Killer.*

—Pero usted... tú fuiste después a España, según sus diarios.

—Sí, cuando él tenía ya como tres o cuatro meses de estar allá. Fui con la idea de quedarme. Había regresado a Orlando y conseguí que mi madre me diera el pasaje de ida y vuelta y quinientos dólares. Creí que iba a ser fácil trabajar allá; Carlos Alberto tenía una amiga que le había pintado pajaritos de oro con los puestos de traductor que se conseguían. Yo solamente hablo inglés y español, pero Carlos Alberto hablaba francés, portugués, italiano, además del inglés.

Cuando llegué a Madrid Carlos Alberto estaba viviendo en una residencia estudiantil, trabajando de contable en Enpetrol, una empresa del gobierno, y enseñaba inglés por las tardes. Había ingresado a la facultad de letras de la Complutense. Estudiaba literaturas semíticas. Lo de las traducciones no había resultado, y el trabajo de contable lo consiguió por una agencia gringa que daba empleos temporales y que no pagaba muy bien. Además de que él detestaba la contabilidad. Me mudé con él a la residencia y empecé a enseñar inglés en el mismo instituto donde él enseñaba. Era un colegio de mala muerte que quedaba en la plaza Tirso de Molina, si mal no recuerdo. Y luego nos mudamos a un apartamento de unos colombianos.

Pero da la mala suerte que el trabajo de contable se acabó porque él estaba sustituyendo a una mujer encinta que estaba en licencia de maternidad. Después, como caída del cielo, nos vino la traducción de un mamotreto de cuatrocientas páginas. Entonces dejamos de enseñar, conseguimos un apartamento en Moratalaz que la hija de un filósofo español nos alquiló y nos metimos en el rollo de la traducción.

La traducción era al inglés, pero como ninguno de los dos era nativo se la dieron oficialmente a una gringa, una tal Lois Lane. Por lo menos eso la llamábamos nosotros. Ella tradujo la primera parte y nosotros la segunda. Nos pagaron puercas veinte mil pesetas que nos ayudaron a sobrevivir un par de meses. Fue en ese apartamento de Moratalaz en donde yo escribí mi novela corta, *Martes de carnaval*. Esos fueron los últimos días de «los chacales de Moratalaz», como nos autodenominamos.

Habíamos trabajado como locos en la traducción, a veces hasta quince horas diarias, a punta de pastillas que vendían sin receta. Vivíamos *up* todo el tiempo; eran como una especie de anfetaminas. De ninguna otra forma creo que hubiéramos podido traducir el libro en tan corto tiempo.

Lo mismo con *Martes de carnaval*. Carlos Alberto me ayudó bastante. Una cosa buena que teníamos era que nos criticábamos mutuamente sin ponernos bravos. Y lo que es más importante, nos escuchábamos y casi siempre nos dábamos cuenta que el otro tenía razón. Por eso se la dediqué cuando salió publicada dos años después.

Mira, aquí está la primera edición; no te la regalo porque es la última copia que me queda. Pero cuando reciba copias de la segunda edición seguro que te doy una. Pásame la botella, por favor.

—«A Carlos Alberto Rivadeneira, quien me dio los cojones.» ¿Qué quieres decir?

—Tener cojones significa tener valor, coraje. En cierta forma, él me alentó a escribirla. Había muchas cosas en la noveleta que podían resentir a los lectores. Cosas que no se hablan sino en murmullos. «Ponles el espejo en la cara, y si no se aguantan el reflejo, que se jodan», me dijo. Por eso lo de los cojones. Pero tómate otro trago.

—Gracias, ya me sirvo. Y después, ¿qué pasó? En España, quiero decir.

—Después las cosas empeoraron. Franco había muerto, la situación económica se fue deteriorando, no había trabajo y si lo había era para los españoles. Era imposible conseguir permiso laboral. Carlos Alberto dio una que otra función de magia a la colonia gringa que vivía en Madrid. Estábamos tan desesperados que tuvimos que vender la sangre en dos ocasiones para poder comer. La tercera vez, Carlos Alberto no pudo venderla; estaba tan flaco que la enfermera se negó a sacársela. Entregamos el apartamento y nos fuimos en auto-stop para Barcelona.

Allá la cosa fue peor: más humillaciones, más hambre, más puertas cerradas. Sólo tuvimos algunos momentos perfectos ayudados por el dinero que la familia y algunos amigos le enviaron.

Fuimos a la Costa Brava tratando de colocarnos como camareros o pinches de cocina, pero siempre la misma historia: no teníamos permiso de trabajo.

Un amigo del bachillerato que me encontré por casualidad una mañana en el consulado colombiano nos sacó varias veces de apuro. También un señor mayor nos ayudó bastante. Lo llamábamos Monsieur Sabadell, porque era de allá. Pero esos fueron momentos breves, como cuando se tiene cáncer y se mejora el paciente antes de morir. Entonces me di cuenta que estábamos en un callejón sin salida. Parecíamos unos vagos; ni bañarnos podíamos porque en los hostales se tiene que pagar la ducha por separado.

Decidí marcharme. Para mí era más fácil; tenía el pasaje de regreso. Pero para Carlos Alberto era imposible. Él la llamó más tarde «mi traición», pero yo no podía hacer nada. Sinceramente pensé que si uno de los dos salía podía ayudar al otro desde fuera. Por eso me fui. Él me acompañó hasta la estación de trenes de Barcelona. Mi tiquete me obligaba a regresar a Madrid a tomar el avión. Nos abrazamos y sé que los ojos se nos llenaron de lágrimas. Cuando lo vi desde la ventanilla del tren, solo, demacrado, extremadamente flaco, francamente creí que era la última vez que lo iba a ver vivo.

—¿Y cómo se salvó?

—Los hermanos le enviaron dinero y un tiquete a Nueva York. Carlos Alberto era muy orgulloso y no quería recurrir a la familia. Antes de irme lo forcé a que llamara cobro revertido, como le dicen ellos (*collect,* como le dicen aquí), a uno de sus hermanos en Nueva York.

Y llegó a finales del setenta y seis. Yo no tenía plata cuando llegué a Orlando; lo único que pude hacer fue llamar constantemente a sus hermanos y pedirles que le enviaran el pasaje. Al poco tiempo de haber llegado él, me vine a Nueva York.

—Fue cuando se mudaron a vivir al piso en donde vivo ahora.

—Al principio no. Vine para su cumpleaños y me hospedé en casa de un amigo. Carlos Alberto vivía en ese entonces con una amiga de la familia. Y el tipo con quien yo vivía terminó haciéndome la vida imposible y tuve que mudarme. Fue entonces cuando decidimos tomar el apartamento del East Village.

—Según entiendo te regresaste a La Florida al poco tiempo.

—Exacto. La «segunda traición». Según Carlos Alberto mi vida gira en ciclos de seis meses; una vez que se cumple ese término, no me hallo en el sitio en donde estoy viviendo y tengo que mudarme. Tal vez eso fue cierto antes, pero no ahora. Es verdad que viví seis meses en Bogotá, seis en España y seis aquí. Pero ahora llevo tres años sin moverme de Nueva York.

La vez que me fui para Orlando fue porque quería terminar una novela que estaba escribiendo en inglés y no podía concentrarme aquí con tantas presiones económicas.

—Pero la terminaste. Carlos Alberto habla de un *editing* que le iba a hacer a tu novela.

—Sí, la terminé, pero no es la misma a la que Carlos Alberto se refiere. La de Orlando nunca la publiqué; *Death and Power* sale a las librerías la próxima primavera.

Carlos Alberto y yo nos encontrábamos regularmente; una vez a la semana desde principios de año. Me traía veinte cuartillas corregidas y mecanografiadas en limpio cada vez que nos veíamos. Nos tomábamos unos vinos y hablábamos de Colombia. Estaba muy deprimido. Tenía muchos años de no regresar a Barranquilla; el trabajo que tenía no le gustaba; y su novela avanzaba a trompicones. Sin embargo, habían aceptado dos de sus cuentos para publicarlos en Colombia y una traducción suya había recibido una crítica favorable en Nueva York.

—¿Y qué hizo Carlos Alberto todos estos años desde que regresó de España?

—Trabajó en bancos y terminó una licenciatura en literaturas romances. En España yo le llamaba *Jack of all trades and master of none;* cuando regresé de Colombia me sorprendió enterarme que hubiera terminado algo que había comenzado, pero me alegré por él. Esta vez sí parecía serio, como que le hubiera puesto orejeras a todos los otros intereses en su vida. «Ahora sí puedo decir que soy escritor», me dijo una noche. «Y lo pondré en mi pasaporte.»

Últimamente me hablaba de una película que había filmado cuando yo estaba en Colombia, pero nunca vi los *rushes*. Creo que no la montó y no sé quién tiene los rollos; me imagino que su familia.

Las cuartillas de su novela nunca me las quiso mostrar. «Cuando esté terminada te la muestro», me decía. Sé que es acerca de sus años del bachillerato, pero tampoco hablaba mucho de ella. «El que habla la novela nunca la escribe», repetía cada vez que le pedía que me contara.

A propósito, me dijiste por teléfono que habías encontrado también unas cuartillas mecanografiadas. ¿Son de la novela?

—Supongo que sí. Te traje algunas para que las leas.

—De acuerdo, déjamelas y les echo una ojeada; tal vez valga la pena publicarlas. Sabes, es triste lo de Carlos Alberto. Mis dos grandes amigos han muerto en circunstancias trágicas.

—¿Quién fue el otro?

—Armando Urdinola, también escritor. Carlos Alberto y yo lo conocimos en un festival de cine en Cartagena.

—¿En España?

—No, Cartagena de Indias, en Colombia. Los tres habíamos ido de críticos enviados por los periódicos para los que escribíamos en ese entonces. Fue a principios de los años setenta. Cuando estábamos en España recibíamos varias cartas de Armando hablándonos de sus intentos de suicidio, y nos daba mucha piedra con él porque nos estábamos muriendo de hambre, tratando de sobrevivir, mientras él nos mandaba un rollo de angustias existenciales.

El día que salió publicada su novela, *Salsa y sabor*, se metió un frasco de pastillas y se cortó las venas. Carlos

Alberto se enteró accidentalmente leyendo un periódico colombiano que su mamá le había enviado. Ya estábamos viviendo en el East Village. Nos emborrachamos durante tres días llorando la muerte de Armando. Y ahora, Carlos Alberto.

Déjame cambiar el disco. Voy a ponerte el último de Tito Puente. ¿Te gusta la salsa?

—Lo poco que he escuchado me ha gustado. En París hay una emisora de música salsa.

—Entonces éste te va a gustar. ¡Es lo máximo! Sírvete otro vino mientras lo pongo.

—Sabes que es curioso que hayas mencionado a Sabadell. Nunca he estado allí, pero mi padre pasó una temporada en ese pueblo durante la guerra civil.

—Carlos Alberto y yo fuimos a Sabadell varias veces porque teníamos unos amigos allá, como te dije antes. Frecuentábamos una cava de jazz y fumábamos «porros».

Pero cuéntame un poco más de ti. Esto de hablar de Carlos Alberto me ha deprimido.

—No hay mucho que contar. Estoy en Nueva York desde hace poco más de un mes. Estoy matriculado en un programa de doctorado en la Universidad de Nueva York.

—¿Doctorado en qué?

—Literatura comparada.

—*Funny!* ¿Sabes que Carlos Alberto alguna vez consideró estudiar lo mismo? Era una carrera como para él. Creo que nunca lo hizo porque detestaba enseñar. El otoño pasado empezó a trabajar de maestro de idiomas en un colegio de bachillerato y a los pocos meses ya estaba histérico con los alumnos. No tenía paciencia con los pela'os.

—Algo parecido me sucedió a mí. ¿Carlos Alberto nunca se casó?

—*Are you kidding?* El matrimonio no era su plato fuerte. ¡Salud!

—¡Salud! ¿Y tú sabes qué fue lo que pasó la noche que le asaltaron?

—No mucho. Sólo lo que salió en el periódico. No quise verlo porque lo habían dejado desfigurado; le metieron diecisiete puñaladas. A la larga, bien pudo no ser Carlos Alberto. Lo identificaron por unos papeles que le encontraron en los bolsillos. Tal vez lo mataron porque no llevaba plata encima; esta ciudad está llena de locos.

—¿Y quién le avisó a su familia?

—Me imagino que la amiga ésa con quien él había vivido. En España mamábamos mucho gallo con la idea de un buen truco publicitario...

—¿Mamaban gallo?

—Cachondeábamos. Se nos ocurrió que uno de los dos podría desaparecer del panorama, irse a vivir a Suecia o a una isla abandonada, y dejar que el otro publicara los escritos del «autor desaparecido trágicamente». Se nos antojaba que era una buena idea para convertirse en un *best-seller.* Nunca lo tomamos en serio, por supuesto.

—¿Qué periódico publicó la noticia?

—Creo que fue el *New York Post.*

—¿Tienes el recorte?

—No. Lo boté. ¿Para qué guardarlo? Pero si quieres leerlo puedes ir a cualquier biblioteca pública. Salió a mediados de agosto.

¿Y por qué tanto interés en todo esto? Nunca lo conociste.

—Creo que te dije por teléfono que siento algo extraño cuando leo los diarios. Parece que me estuviera hablando. Incluso algunas veces pienso que yo hubiera podido escribirlos.

—Es obvio que físicamente te pareces mucho a él. Pero de allí a hablar de identificación, me suena un poco sollado. Todo es producto de tu mente calenturienta.

—Tal vez. No sé. La última pregunta antes de marcharme.

—¿Y ya te vas... tan temprano? Son apenas las diez. Si quieres puedes quedarte a dormir... en el sofá-cama.

—No, gracias.

—¿Pero por qué te sonrojas?

—No, de veras, que tengo que preparar la clase del lunes. Pero estoy seguro que volveremos a vernos.

—Por supuesto.

—Entonces... ¿de casualidad sabes cuál era el signo zodiacal de Carlos Alberto?

—No estoy seguro... creo que Sagitario. Cumplía a principios de diciembre, en todo caso. Me acuerdo porque fue para esa época que llegué a Nueva York.

—Otra coincidencia. También soy sagitariano. Nací el 9 de diciembre. ¡Qué extraña y absurda coincidencia!

—Entonces, Pierre, apúntame tu dirección y tu teléfono para que no perdamos los contactos.

—Con mucho gusto, Xavier. Ha sido un verdadero placer conocerte. Muchas gracias por todo.

—Hasta pronto, Pierre, hasta que nos veamos las fachadas.

—*À la prochaine!*

VI

«Esta mañana me desperté con los ojos llenos de lágrimas, soñando toda la noche con Barranquilla, caminando por calles rodeadas de trinitarias, matarratones y cayenas; yo, de niño, caminando por una geografía que ya no existe, erosionada por el tiempo.

«Últimamente me llegan a borbotones los recuerdos ayudados tal vez por mi ausencia de siete años: la iglesia del Colegio San José antiguo, su azotea, sus patios de recreo; la Calle San Blas, el sabor a frozomal de la Heladería Americana, el calor insoportable del mediodía; el Colegio de Lourdes y sus prados de los años cincuenta; amigos de mi infancia de quienes no me había acordado en los últimos veinte años. Todo, de repente, mientras leo un libro o veo la televisión.

«Estos recuerdos me servirán para construir mi novela. Tanto deseo regresar que no lo haré hasta que la haya terminado. Esta condición me impongo; no puedo perder esa sensación acumulada dispuesta a desbordarse.»

Esta entrada del diario de Carlos Alberto, fechada el 5 de agosto de este año, la leo al levantarme, mientras me bebo una taza de café. Debo tener la mente despejada para preparar la clase de mañana. Leyéndolas se me ocurre que sería una buena idea empezar mi propio diario, al estilo de Carlos Alberto. Hasta ahora no he fechado mis notas, pero comenzaré a hacerlo hoy mismo; quizá esto me ayude a ordenar mis ideas.

Veintiséis de septiembre de 1982: Art me llamó esta mañana para decirme que de las tres casetes, una está virgen. Otra tiene grabada pistas de músicas tan disí-

miles que van desde el Barroco, pasando por los Román-
ticos, hasta llegar al jazz de Braxton, *la musique concrète*
de Pierre Henri, y los minimalistas. La cinta restante
trae grabada conversaciones de tres muchachas con una
introducción de un hombre probando el sonido, que dice:
«improvisaciones para *Emma Zunz*». Le conté lo que
había averiguado sobre la película.

Seis de octubre: las clases marchan bien en la universidad. Tengo la impresión que el profesor de drama
moderno es el mejor que he tenido en la vida; es griego y
habla inglés sin ningún acento extranjero. La forma en
que encadena las ideas es absolutamente impresionante.

Por otro lado, me estoy dando un festín cinema-
tográfico con la cantidad de películas que pasan en las
salitas de arte y ensayo del Village y por la tele.

Art me presentó a una chica del sur de los Estados
Unidos (creo que me dijo que era de Georgia). Se llama
Lillian y tiene veinticinco años. No se parece a Nadine; es
hermosa, con unos ojos azules inmensamente grandes, y
es bastante leída, intelectual y *opinionated*. Espero verla
más a menudo.

Once de octubre: dejé pasar unas semanas sin
acercarme a la caja de Carlos Alberto creyendo que así me
quitaría la obsesión de encima. Pero en vano. Los días se
me iban distraídamente con tantas ocupaciones; sin embargo, cuando menos lo esperaba, Carlos Alberto y su
mundo se me venían de golpe, *pouf!*, a la vuelta de una
esquina, o por las noches cuando trato de conciliar el
sueño y me paso las horas dando vueltas en la cama
acordándome de él. Físicamente cansado, al final logro
dormirme tan sólo para caer en pesadillas.

El sábado iré a visitar a Rolando Grau, el amigo de
Carlos Alberto que vive al lado. Me lo encontré el otro día

en las escaleras, y cuando vi que se dirigía al 4E le pregunté si había conocido a Carlos Alberto Rivadeneira. Le conté lo de los papeles abandonados. Me dijo que había ayudado a Carlos Alberto en la filmación y que se conocían desde hacía varios años. Aceptó que le visitara luego de haberle insistido; no se siente bien con la idea de hablar sobre Carlos Alberto. Llevaré el magnetófono.

Diecisiete de octubre: anoche visité a Rolando. Transcribo nuestra conversación:

—Ah, chico, eres tú. Pasa, pasa. ¿Y qué tú haces con esa grabadora?

—Si no le incomoda, me gustaría grabar la conversación.

—¿Qué es lo tuyo? ¿Tú eres policía? Yo con la policía no quiero nada.

—No, nada de eso. Digamos que reportero de Carlos Alberto. No se preocupe; usted sabe que vivo al lado. Lo que sucede es que llevo un diario y quisiera tener la información fresca. La verdad es que soy muy perezoso para tomar notas.

—Está bien. Vamos a la sala. Pero cómo tú te pareces a Carlos Alberto, por tu vida. ¡Es increíble! El día que te vi la primera vez a la entrada del edificio, cuando me bajé de la guagua, ¿te acuerdas?, bueno, me metí un tremendo susto. «¿Coño, qué es esto, caballero?», me pregunté. «¿Carlos Alberto que se regresó del otro la'o?»

—Ya lo sé. Xavier de Mena me lo ha dicho.

—Ah... ¿tú conoces a de Mena?

—No mucho. Le visité por las mismas razones por las cuales he venido a verle a usted.

—Carlos Alberto siempre hablaba de él; yo nunca lo conocí. Carlos Alberto estaba cabrero con él porque lo había dejado enganchado con el apartamento. Cuando me mudé a este edificio, ya él vivía solo.

—Pero a la gente que trabajó en lo de la película me imagino que sí la conoció.

—Betsy, Ulrik, Nina, Gloria, claro. Yo lo ayudé con la claqueta, el diario de rodaje y fijándole con gutapercha los cables eléctricos por el piso y las paredes. Una especie de *script boy* con *gaffer*. A esa gente no la volví a ver nunca más. Carlos Alberto tampoco supo qué había sido de Ulrik; eso lo tuvo triste mucho tiempo.

—¿Por qué? ¿Quién era Ulrik?

—Un chamaco americano que había conocido en unos cursos de cine que tomaron juntos en la *New School*. Tenía como dieciocho años. Se hicieron muy amigos y decidieron hacer una película. Entre los dos compraron el equipo y se repartieron los gastos de rodaje. Esos dos eran verdaderos *movie freaks:* se la pasaban viendo cine. Una vez me dijeron que habían batido el récord; te imaginas, esa semana se habían visto dieciocho películas.

—¿Y *Emma Zunz*?

—El guión lo escribieron a cuatro manos. Les dieron el texto en inglés a las actrices para que supieran la trama y luego las grabaron improvisando el diálogo. Unas veces Ulrik manejaba la cámara y Carlos Alberto dirigía; tomaban turnos en todo. Pasamos muy chévere, sin mucho protocolo, tomando trago, fumando yerba. Las chicas eran muy simpáticas, actrices profesionales, sabes. Tenían experiencia en los teatros latinos de off-off Broadway. Carlos Alberto se la ganó de cuento, como decía él, para que trabajaran sin salario: tenía una labia, caballero. Hasta los interiores se los consiguió de gratis.

—¿Y dónde filmaron?

—En Brooklyn Heights, por las calles y el *promenade*, y también por la Octava Avenida, aquí en Manhattan, cerca de la Calle Cuarenta y dos. La noche que filmamos allí fue la debacle: un *pimp* nos sacó un revólver, una puta nos tiró un zapato, y los *bums* se nos paraban frente a la cámara porque querían salir en la película. Contamos con suerte, *though*. Los policías nos ayudaron a controlar la situación. También filmamos en un restaurante español de un amigo de él, y lo demás en la casa y en el trabajo de Ulrik y en varios apartamentos.

—¿Y por qué no la terminó?

—Nunca se supo. Ulrik y Carlos Alberto se la pasaban peleando. Creo que les faltaban dos o tres escenas para terminarla. Ulrik se quedó con la cámara y Carlos Alberto con la proyectora y la película. Lo último que Carlos Alberto supo de Ulrik fue que se había mudado con una chica al Bronx.

—¿Cómo reaccionó Carlos Alberto?

—Se volvió más taciturno, ya casi no nos veíamos. A veces aterrizaba por aquí, se sentaba allí mismo donde tú estás ahora, y nos la pasábamos oyendo música antillana de la vieja guardia, fumando y bebiendo. Hablábamos de muchas vainas, pero nunca de Ulrik ni de la película.

—¿Cómo supiste lo del asalto... de su muerte?

—No me enteré enseguida. La noche del atraco, antes de que pasara (creo que fue el 15 de agosto), me lo encontré en las escaleras. Él bajaba y yo subía. Me dijo que se iba a ver la última película de Fassbinder. Me impactó cuando supe que lo habían matado porque me acordé que me había dicho esa noche que ahora que Fassbinder había muerto era la única forma de pasar la línea, sumar y ver los resultados. Solamente a los dos días lo supe, porque vi el letrero de la policía en la puerta. Luego los vecinos empezaron a hablar y ese fin de semana oí ruidos en su apartamento y me asomé a la puerta. Era el hermano que había venido a recoger sus chécheres.

—¿Habló con él?

—Muy brevemente. El tipo no estaba de muy buen humor que digamos y no quise molestarlo. Le di el pésame y me despedí.

—¿Tiene el periódico donde salió la noticia?

—No, qué va. Yo no guardo esas vainas.

Pero ahora sí, mi hermano, me perdonas. Esta conversación me está dando los *blues.* Me pone paranoico, *all this shit, you know?* Hay que caminar sobre cáscaras de huevo en este barrio; sobre todo en el parque de la esquina. Está lleno de *junkies* y de *pushers* que te matan por un peso.

De verdad, que si no te molesta, quisiera quedarme solo.

—De ningún modo; le comprendo. Muchas gracias por haber accedido a hablar conmigo.

—De nada, *brother.*

—Hasta la vista, Rolando.

—*See you later, alligator.*

VEINTE DE OCTUBRE: alguna vez leí en alguna parte que existen parejas de individuos idénticos pero separados geográficamente, una especie de *alter ego* que deambula en otro rincón del mundo, sin que su doble se entere de su existencia. Sólo en casos excepcionales (momentos perfectos) los destinos se cruzan, y entonces los sosias se tropiezan. El *otro* que piensa, siente y sufre al unísono: la gota de agua, el otro lado del espejo. ¿Pero cómo encontrarle?

Veinticinco de octubre: he decidido no tratar de leer sus diarios, pero cuando tiro la libreta al suelo se abre sobre la siguiente nota, fechada el 14 de julio, un mes antes de su muerte: «En el sueño, el patio se parece al del Colegio San José antiguo. Llevo puesta una sotana negra nueva, cuyo propósito no logro acordarme. Me cubre todo el cuerpo; tiene agujeros a los lados, para que salgan los brazos, y una capucha. También llevo un pañuelo negro que me cubre el rostro, a la manera de las mujeres orientales.

«Alguien me ha atracado mientras circulaba con esta vestimenta. Cuando está sucediendo, veo que se trata de un hombre del mismo alto que yo, barba incipiente y entrecana, sombrero de vaquero y revólver. Me detiene y me dice algo en latín, que se me antoja del ritual de las letanías a la virgen, algo así como *Santa Regina*. Le respondo: *Ora pro nobis*. Lo repite varias veces y me doy cuenta que es español latinizado: me dice que es un atraco. Saco el revólver y trato de dispararle. Mi revólver no funciona; el suyo, tampoco. Nos entramos a trompadas y nos caemos al suelo forcejeando. Uno de mis subalternos (sin sotana) me empieza a ayudar a ponerle las esposas. Pero de repente el hombre ya no es el mismo, se ha metamorfoseado en un hombre bajo, regordete, moreno, lampiño, de cabellos ralos. Mi asistente me dice que es un tipo peligroso, buscado porque le gustan los besos negros. Y yo pienso: "¿Y a quién no?", y en el mismo instante en que lo estoy pensando, el hombre me lo dice entre susurros y con una sonrisa de complicidad. Me sonrío y le respondo: "Exactamente".

«Ahora mi asistente se ha marchado y me ha dejado a solas con el hombre. Le pusimos las esposas pero no terminamos de ponerle los grillos y trata de escaparse.

Grito: "Lucas, Lucas", a quien he visto ahora (sin sotana y con una vestimenta tropical) pintando inscripciones en las paredes y columnas. Pero Lucas no me escucha.»

VII

Barranquilla, 18 de octubre de 1982

Estimado Pierre:

Tengo que confesarle que ciertamente su carta me molestó al principio, pero tan sólo al principio, porque con casi nadie hablo en estos días. Mi hijo Rudy anda muy ocupado y en realidad tenemos muy pocos momentos disponibles para comunicarnos. Me la pasé encerrada en mi castillo, como le llamaba Carlos Alberto a mi habitación del segundo piso, dispuesta a sufrir en silencio. Su carta no pudo llegar en un momento más oportuno; fue como una mano de auxilio.

El pasado 22 de agosto, Rudy y mi otro hijo, Andy, regresaron de Nueva York con las cenizas de Carlos Alberto. Carlitos me había dicho en repetidas ocasiones que si por alguna razón llegara a morir (vivía siempre obsesionado con la muerte), no quería que lo enterraran en un cementerio, sino que prefería que lo incineraran y luego esparcieran sus cenizas en el mar. De manera que yo les pedí a mis hijos que así lo hicieran. Lo llevamos en una pequeña urna hasta los tajamares de Bocas de Ceniza y lo lanzamos al Caribe. Solamente le pido a Dios que lo acoja en Su Santo Reino y le perdone esta forma poco católica de terminar sus días. El padre Rivas nos acompañó y celebró una misa en su nombre.

De Carlos Alberto le diré que fue un buen muchacho pero de muy mal carácter. Mi marido, que en paz descanse, lo consintió demasiado, acostumbrándolo a salirse siempre con la suya. Afortunadamente estaba yo para contrarrestar su influencia. Eso sí, nunca tuvimos que decirle que estudiara; le fascinaban los libros, siempre buen estudiante, magníficas notas en el colegio. También fue muy buen actor desde niño; era un primor verlo.

Cuando terminó el bachillerato decidió estudiar medicina. Mi marido había muerto ese año y la situación económica no era muy boyante. He buscado la fotografía de su grado para verificar el año; sabe usted, con la edad la memoria me falla un poco, especialmente cuando se trata de fechas. La foto del mosaico me dice que fue en 1966. De modo que al año siguiente (aquí los cursos terminan a finales de año) se fue para Cartagena. Allí estudió año y medio y en mayo abandonó la carrera y le entró la ventolera de irse a Nueva York. Esto me disgustó muchísimo, pero al final accedí a sacarle los papeles para que se fuera. Vivió allá dos años, regresó, estudió economía y derecho al mismo tiempo y otras cosas que nunca terminó. En resumidas cuentas fue un locancio; nunca sentó cabeza. Tenía que ser sagitariano: esa flecha arrojada en el vacío, sin rumbo fijo. Eso era Carlos Alberto: una veleta, inconstante hasta decir no más.

Entre las cosas que trajeron Rudy y Andy hay una película de la cual me había hablado en sus cartas. También me comentó sobre su novela, pero no la encuentro.

La última vez que lo vi fue para su grado en 1980. Viajé especialmente a ésa ya que me sentía muy contenta de saber que al final había llevado algo a cabo; pero luego me decepcioné muchísimo, porque ya estaba hablando de continuar estudios. «¿Hasta cuándo, Carlos Alberto?», le dije; «ya es hora de que empieces a producir, de que madures y sientes cabeza.» Nunca me escuchó; no obstante, esta vez sí creí que iba a cambiar pues se consiguió un puesto de profesor que le pagaba bien. Al poco tiempo empezó a quejarse: que si no me gusta, que los alumnos son insoportables, que patatín, que patatán. La misma jeringa con diferente pitongo.

De su accidente no he querido averiguar los pormenores. Sólo sé que lo mataron para robarle. Muchas veces le rogué que regresara a vivir conmigo, pero no quiso escucharme y ya ve los resultados. Tantos estudios, tanta inteligencia desperdiciados. En vez de dolor a veces siento rabia, pero pido perdón a Dios por él y por mí.

Carlos Alberto, el eterno estudiante. Me pregunta si sabía varios idiomas; claro que sí. Qué facilidad tenía para aprenderlos. Aquí venían a visitarlo amigos de diversas nacionalidades y él, tan contento, hablando con ellos en sus respectivas lenguas.

Me ha dicho que su mamá es una mujer mayor (como lo soy yo), que sólo lo tiene a usted. Quizás esta tragedia lo ayude a apreciarla más y a demostrárselo. Usted no se imagina lo que sufrimos las madres.

Viendo su nombre escrito en letras de molde me doy cuenta que sus apellidos están en relación inversa a los de Carlos Alberto. Mi abuelo, Emmanuel Didier, era de Lyon, y la familia de mi marido era originaria de España. ¡Qué coincidencia!

Quiero agradecerle sus hermosas palabras porque sé que las dijo de todo corazón. Si algún día decide venir por estas tierras, sepa que me gustaría mucho conocerlo y que esta casa está a sus órdenes. Cuartos son los que sobran. Hasta entonces, cuídese mucho, y espero que sepa perdonarme esta carta que me ha salido un poco deshilvanada, pero la edad, ya sabe.

Un cordial saludo,

(fdo.) Dolores Didier de Rivadeneira

P.D. Se me olvidaba decirle que Carlos Alberto tenía treinta y tres años cuando murió. Nació el 9 de diciembre de 1948, a las 8 y 5 de la mañana.

Vale.

VEINTISIETE DE OCTUBRE: Acabo de recibir esta carta de la madre de Carlos Alberto. La posdata me dejó frío; ¿cómo es posible? Esto ya pasa de castaño a obscuro. Por supuesto que debe de haber miles de personas que nacieron el mismo día que yo, pero nunca las he conocido. Coincidencias, *mon œil!* Si quisiera escribir una novela siguiendo los moldes tradicionales, todas las reglas de esa larga tradición de la que habló Aristóteles, enriqueció Horacio, pasó por los Renacentistas y Barrocos, continuó con los Neoclásicos y se metió de lleno en el Realismo decimonónico, estaría perdido. No hay verosimilitud, ni móviles, ni consecuencias en esta historia. ¿Pero quién quiere escribir una novela? Tal vez Carlos Alberto tenía razón: sólo hay que conocer la tradición para destruirla. ¿Y si lo intentara?

Al pensar que Carlos Alberto dejó de estudiar medicina en mayo del sesenta y ocho, se me ocurre que quizá el mismo día fue aquel en que yo me arrojé a las calles de París siguiendo el llamado de Daniel Cohn-Bendit. Es probable que en el mismo momento que Carlos Alberto se rebelaba contra sus ataduras, yo estaba frente a la casa de Daudet desprendiendo el primer adoquín de la calzada y descubría, asombrado, que en la capa más profunda la arenilla de la playa yacía agazapada. Recuerdo que esa noche mis compañeros y yo regresamos al barrio latino para pintar regocijados en las paredes nuestro recién descubierto lema: *Sous les pavés, la plage!*

Diez de noviembre: Ya los cursos están bastante avanzados y debo esmerarme para mantenerme al día con las lecturas.

He vuelto a encontrarme con Lillian en el *Pub* de la universidad. Art me dijo que ella le había dicho que yo le simpatizaba. Espero que esto prospere.

Dato extraño: el otro día, sin darme cuenta, me presenté a un amigo de Mercedes como Carlos Alberto Rivadeneira. Creo que me sonrojé. *Quelle gaffe!* Art no se aguantó la risa y me preguntó: «¿No te da miedo?»

Quince de noviembre: He tratado de comunicarme sistemáticamente con las otras personas cuyos números telefónicos aparecen escritos en los márgenes de los diarios de Carlos Alberto. Pero sin mucha suerte: el teléfono de Ulrik nadie lo contesta; los de Hugo y Rafael están desconectados desde hace meses; y Annette se niega rotundamente a darme una entrevista.

¿Darme por vencido? ¡Lo dudo!

Epílogo

Nueve de diciembre: hoy cumplo treinta y cuatro años. Mi madre me llamó esta mañana para felicitarme y me dijo que le hago mucha falta. Le prometí que iría de vacaciones en el verano porque para las navidades es imposible. Muchos trabajos que escribir. Me dice que se siente muy sola.

Art y Mercedes vienen esta noche para acá, tan atentos. Han querido festejarme el cumpleaños y me dijeron que no me preocupara por nada, que ellos se encargarían.

Miro el reloj: las cinco en punto de la tarde. Pienso que Carlos Alberto cumpliría hoy también treinta y cuatro años, y de pronto siento que está aquí, conmigo, mirándome, sonriéndome, sonriéndose, sonriéndole, yo, a él, Carlos Alberto Rivadeneira Didier, en mí viviendo, muerto para siempre, pero vivo, vivo en mí. Él y yo.

Me sirvo un Scotch triple y me lo bebo de un trago. Vuelvo a rellenar el vaso. Carlos Alberto, tu novela sobre la adolescencia va a ser publicada después de todo. Xavier de Mena me llamó anoche para decírmelo; su agente se ha interesado y ya han contratado a una mecanógrafa para que saque las hojas en limpio. No todo está perdido. Terminaste *la* novela, Carlos Alberto, y me mostraste un camino. Nunca pensé en hacer literatura de ficción, pero me has transmitido tu energía. Podría ordenar todas estas páginas que he escrito en los últimos meses, corregirlas, trabajarlas, pulirlas, ahora que siento el empuje de escribir, que sé que no estoy loco, que no me estoy volviendo loco.

Corro hasta el escritorio y enciendo la máquina de escribir. Saco de una gaveta la carpeta en donde he ido acumulando mis cuartillas y mi diario. Me siento y pongo en el rodillo una hoja en blanco. Abro la carpeta y comienzo a transcribir la primera página:

Al principio no le di ninguna importancia . . .

Índice

University Publishing Solutions terminó de imprimir la
primera edición de *Triacas* el 1 de agosto de 2010
con fuentes *Futura, Franklin y Century*
para *Book Press, New York.*

Miguel Falquez-Certain nació en Barranquilla (Colombia). Ha publicado cuentos, poemas, piezas de teatro, ensayos, traducciones y críticas literarias, teatrales y cinematográficas en Europa, Latinoamérica y los EE.UU. Es autor de seis poemarios, seis piezas de teatro, una noveleta y un libro de narrativa corta, por los cuales ha recibido varios galardones.

Sus cuentos han aparecido en las siguientes antologías: *Narradores colombianos en U.S.A.,* Eduardo Márceles, antólogo (Bogotá: Colcultura, 1993); *Concurso de Cuento Carlos Castro Saavedra* (Medellín: Fondo de Publicaciones Transempaques, 1994); *Brújula / Compass* (Nueva York: Instituto de Escritores Latinoamericanos de Nueva York, 1998); *Bésame mucho: New Gay Latino Fiction* (New York: Painted Leaf Press, 1999); *Veinticinco cuentos barranquilleros,* Ramón Illán Bacca, antólogo (Barranquilla: Ediciones Uninorte, 2000); y en *Antología del cuento caribeño,* Jairo Mercado Romero y Roberto Montes Mathieu, compiladores (Bogotá: Universidad del Magdalena, 2003), entre otras.

Participó en talleres de narrativa con Manuel Puig (Columbia University, 1977), Alain Robbe-Grillet (New York University, 1981), Reinaldo Arenas (Center for Inter-American Relations, 1982) y E.L. Doctorow (N.Y.U., 1983).

Tradujo al español los guiones de Peter Buchman para las películas *The Argentine* y *Guerrilla* (2008), dirigidas por Steven Soderbergh.

Licenciado en literaturas hispánica y francesa (Hunter College, 1980), cursó estudios de doctorado en literatura comparada en New York University (1981-85).

Reside en Nueva York desde hace más de cinco lustros donde se desempeña como traductor en cinco idiomas.